L'EXÉCUTEUR

LE COMMANDO DU COLORADO

DON PENDLETON

L'EXÉCUTEUR

LE COMMANDO
DU COLORADO

TRADUIT DE L'AMÉRICAIN
PAR MIKE MARSHALL

PLON

Titre original américain :

N° 25 THE EXECUTIONER :

COLORADO KILL-ZONE

Pusblished by arrangement with PINNACLE BOOKS, INC.

275 MADISON AVENUE, NEW YORK.

NY 10016 U.S.A.

© Pinnacle Books, Inc. 1976
© Librairie Plon/G.E.C.E.P., 1979

Edition originale : ISBN : 0 - 523 - 00824-4
ISBN : 2 - 259 - 00502 - 0

CHAPITRE PREMIER

Le bain de sang débuta sur le versant oriental des Rocky Mountains, non loin de Golden et de Boulder. Le soleil venait à peine de se coucher.

Quelques instants plus tôt, Bolan avait quitté la route d'Etat pour traverser Golden. Il passa devant l'école des Mines, puis emprunta la route secondaire qui reliait Golden à Boulder.

Il savait que cette manœuvre provoquerait l'ennemi, le forcerait à agir.

On lui suivait le train depuis Denver — tranquillement, sans grande discrétion, mais d'assez loin. Les tueurs attendaient le moment propice pour s'approcher et commencer la fusillade. La grande caravane GMC n'était pas difficile à filer, et Bolan ne se faisait pas la moindre illusion : il ne pouvait pas semer ses poursuivants en faisant la course — d'ailleurs, il n'en avait pas l'intention.

Il repensa à Leo Turrin qui lui avait dit :

« C'est une opération très discrète, sergent. J'entends des bruits, mais je ne sais vraiment rien. Si tu y vas, fais supergaffe ! »

Bolan traversa la banlieue de Golden.

Non, il n'avait aucune envie de semer ses poursuivants, car il avait eu trop de mal à se faire repérer. Il avait passé dix jours à reconnaître les environs, mais il n'avait pas réussi à vérifier les rumeurs dont lui avait parlé Leo Turrin. Aussi avait-il décidé de provoquer une réaction.

Il s'était montré !

Il s'était promené dans Colfax Avenue — la rue principale de Denver —, il avait posé des questions peu discrètes, il avait laissé errer son regard curieux. Le résultat ne s'était pas fait attendre : la meute était aussitôt apparue pour renifler la piste.

Ainsi les événements se déroulaient selon son bon plaisir. Il avait entraîné ses poursuivants sur cette longueur de route déserte afin de les éloigner de Denver où des innocents auraient pu pâtir des effets secondaires d'une bataille rangée. Pourtant, il ne recherchait pas essentiellement à faire la guerre, il voulait seulement glaner des renseignements.

Enfin, il commençait à se poser des questions. Avait-il bien agi ? La filature avait été discrète jusqu'aux abords de Golden, mais ensuite on ne s'était plus gêné. De plus, grâce à son récepteur, il entendait l'ennemi communiquer par radio, sur des ondes réservées aux communications *militaires*. Des ordres fusaient :

— *Tueur cinq, ici P.C., rattrapez delta un.*

— *Entendu, P.C. Tueur cinq rattrape delta un.*

— *Tueur deux, donnez-moi votre position.*

— *P.C., ici scout un. Bandit se dirige au nord sur la neuf trois.*

— *Entendu, scout un. Sur la neuf trois depuis delta.*

Et voilà !

« Neuf trois » était la petite route à deux voies sur laquelle il roulait et « delta » n'était autre que la ville de Golden.

Bolan comprit ce qui se passait. Quelqu'un avec la mentalité d'un militaire le faisait traquer et avait l'intention de le détruire. Bolan eut alors une pensée extrêmement déplaisante : était-il concevable que le gouvernement américain ait confié cette tâche à l'U.S. Army ? Bien sûr ! Après tout, Bolan n'était-il pas un déserteur ? Ne relevait-il pas de la justice militaire ? Mais il y avait les limousines pleines de mafiosi, lesquelles n'étaient pas des soldats de l'U.S. Army, mais des truands de la pire espèce. Alors ?

Il était essentiel que Bolan sache qui était son ennemi. Il était impensable qu'il s'attaquât à l'U.S. Army, quelles que soient les intentions de celle-ci. Il brancha la caméra à l'arrière de la caravane et fixa l'écran monté dans la console de commande. Le véhicule qui le suivait apparut aussitôt. La voiture se trouvait à environ quatre cents mètres derrière lui ; c'était la même qu'il avait remarquée sur West Colfax Avenue — une longue Cadillac noire avec carrosserie renforcée et pare-brise antiballes. A son bord, il y avait une équipe de tueurs au grand complet.

Il leva le pied pour mieux se concentrer, car il lui fallait conduire, surveiller les poursuivants et prévoir son plan d'attaque. La Cadillac ralentit à son tour maintenant sa distance. Il activa le zoom de la caméra vidéo. Le pare-brise de la Cadillac occupa aussitôt tout l'écran de la console. Puis il brancha le système infrarouge pour étudier l'intérieur de la limousine. L'écran rougeoya subitement et l'intérieur de la Cadillac inondé de lumière invisible apparut dans une vision infernale.

Il n'y avait plus de doute. La grosse voiture contenait six hommes déplaisants : deux à l'avant, deux sur les strapontins et deux à l'arrière. Ils tenaient tous une arme imposante. L'homme assis près du chauffeur s'appelait Jingo Morelli — c'était un homme de la famille de Cleveland.

Boland coupa la caméra vidéo, brancha le système de repère géographique et, grâce à l'index automatique, choisit le bon cadrage pour déterminer sa position.

Il se trouvait dans une région déserte. Le terrain était accidenté à l'extrême et peu habité. Il n'y avait presque pas de routes perpendiculaires à la 93 sur laquelle il roulait. Il n'y avait pas d'autres voitures. A mi-chemin de Boulder, la route 72 coupait la 93 puis grimpait dans les montagnes.

Bolan aurait pu parier qu'il y avait au moins deux autres véhicules qui l'attendaient au croisement. Les « chasseurs » guettaient le passage du gibier !

A présent, tout était clair. On l'avait piégé. On avait patiemment préparé un guet-apens et prévu un contact — on s'était préparé.

Bolan avait toujours su qu'on le piégerait un jour. Avec les années, c'était inévitable. Depuis longtemps déjà il se disait que chaque contact avec l'ennemi pouvait être le dernier, que le heurt serait, un jour, d'une telle violence que la mort en serait le seul aboutissement.

Ce jour était apparemment arrivé.

Le Colorado était donc le terrain sur lequel

on avait décidé de l'abattre. C'était la seule
explication possible — sinon pourquoi tant
d'activités supersecrètes dans une région sans
grand intérêt économique ? L'araignée avait
tissé sa toile puis avait monté une campagne
d'intoxication, faisant courir des bruits, à
peine audibles, comme des chuchotements.
Ces murmures étaient arrivés jusqu'à Bolan
comme prévu. Il s'était précipité dans la région — comme c'était son habitude — attiré
par le mystère. La Mafia commençait à bien
le connaître !

Elle voulait la guerre ? D'accord !

Il en était presque soulagé.

C'était toujours ainsi à la veille d'une mission dangereuse : le fait de partir au front
calmait les nerfs tendus par l'attente du combat.

Bolan brancha tous les systèmes d'attaque
de la caravane, consulta de nouveau sa position sur le cadrage topographique. Il s'approchait d'une série de collines douces qui an-
nonçait la proximité des montagnes Rocheuses. C'était un bon endroit pour le dernier
combat.

Après avoir franchi le sommet d'une des
collines, devenu un court instant invisible à
ses poursuivants, il écrasa l'accélérateur. Le
gros moteur Toronado rugit et la caravane

bondit dans la descente. Quand la Cadillac parvint enfin au sommet de la côte, les mafiosi ne purent que constater la manœuvre de Bolan qui disparaissait derrière la colline suivante. Ce dernier entendit crépiter le haut-parleur de son récepteur.

— *P.C., ici chasseur un. Je crois qu'il nous a repérés. Il file au nord vers le croisement. Il en est encore à six kilomètres.*

— *Ne le lâchez pas, chasseur un,* répondit la voix calme et froide du dispatcheur. *A tous tueurs, convergez sur cible. Les unités secondaires doivent se tenir prêtes à intervenir immédiatement. A toutes unités en première ligne, répondez.*

Bolan compta les « tueurs » qui répondirent à l'appel en bonne et due forme. Ils avaient tous une bonne discipline radio et une précision militaire. Une drôle d'armée se tenait sur les flancs des montagnes Rocheuses. Bolan évalua les troupes immédiates à plus de cent soldats, sans compter les autres qui, selon toute logique, se tenaient en réserve quelque part dans les environs.

Mais l'heure n'était plus à faire des additions.

La longue incertitude était terminée, le guerrier était fin prêt à affronter la nuit dans ce paysage presque lunaire. Il avait choisi la

partie de la toile de l'araignée qui lui convenait le mieux. Il partit à travers champs, se
dirigea vers une élévation du terrain d'où il
pourrait surveiller tous ceux qui arriveraient
sur ses traces.

Sur place, Bolan put voir au loin, à l'est, les
plateaux verdoyants qui s'étendaient jusqu'à
l'horizon, et à l'ouest, comme une hésitation
avant la retraite, des derniers rayons flam-
boyants du soleil.

Lui ne pourrait pas battre en retraite.

Un combat se préparait et la mort y jouerait
son rôle lugubre.

Mack Bolan était prêt à affronter les deux.

CHAPITRE II

La manœuvre de Bolan avait réussi. L'ennemi était attiré sur un terrain découvert où Bolan pouvait pleinement exploiter les ressources très perfectionnées de sa caravane. Sa position était bonne et l'ennemi venait à lui. Il n'y avait pas d'arbre, pas de rocher — aucun abri derrière lequel les assaillants pouvaient se protéger. La nuit tombait déjà. Mais l'obscurité est l'ami du gibier et non du chasseur. Juste derrière Bolan, les premiers arbres annonçaient l'interminable et dense forêt qui couvrait les flancs des montagnes Rocheuses, offrant d'innombrables possibilités à un homme en fuite.

Pas un instant Bolan ne songea à fuir, mais ça, les autres ne le savaient pas. S'ils voulaient l'attaquer, il leur fallait agir tout de suite, passer à l'offensive. C'est exactement ce qu'ils feraient.

Bolan était prêt. Il avait fait demi-tour et l'avant de la caravane était dirigé vers les agresseurs. Tous les moyens de surveillance étaient branchés. La tourelle lance-fusées sur le toit était découverte et verrouillée en place. Les armes personnelles de Bolan se trouvaient près de la porte avec des bandoulières de munitions au cas où il aurait à effectuer une sortie.

L'ennemi était prêt aussi. Mais sa progression sur le terrain inégal avait été plus lente que celle de Bolan. Visiblement, il y avait également eu un moment de flottement quand Bolan avait brutalement quitté la route. Mais les mafiosi avaient vite choisi un plan d'attaque qu'ils appliquaient maintenant avec ordre et méthode.

La grosse Cadillac s'était révélée totalement inapte au tout-terrain, et Bolan avait entendu crépiter son haut-parleur :

— *P.C., ici scout un. C'est fini pour nous. Il doit avoir une suspension spéciale.*

— *Entendu, scout un. Restez en seconde ligne en attente. Tueur un, répondez.*

— *Ici tueur un. Tout va bien. La cible est juste devant nous, il se dirige vers la forêt. Il faudra qu'il abandonne son véhicule. Nous le rallions à toute vitesse.*

— *Négatif !* répondit immédiatement la voix froide du dispatcheur. *Avancez avec extrême prudence !*

Bolan entendit ensuite une série de signaux qui lui permit de connaître la position de chaque groupe d'assaillants, ainsi que leur plan de bataille. Il compta cinq unités de tueurs tandis qu'il complétait ses préparatifs. Elles apparurent enfin, comme sorties tout droit d'un manuel militaire.

Un frisson parcourut l'échine de l'Exécuteur. Perplexe, il examinait les véhicules qui s'approchaient. Cinq en tout — des voitures militaires, couleur kaki, avançaient lentement en formation, des fantassins en rangs serrés derrière. Ils étaient vêtus de treillis de combat et portaient des armes que Bolan connaissait bien pour les avoir souvent utilisées lui-même.

Ce n'était pas possible !

Bolan eut un moment d'angoisse. En proie à un conflit intérieur, il ne savait pas quoi faire. Puis il brancha son émetteur, trouva la fréquence utilisée par l'U.S. Army et prit le microphone.

— Contrôle radio, annonça-t-il froidement. Vérification d'authenticité. Identifiez-vous et donnez-moi le code d'autorisation qui vous permet d'utiliser cette fréquence.

Il attendit la réponse une dizaine de secondes.

— Entendu, contrôle radio. Ici la garde du

Colorado. Nous sommes dans la région d'entraînement arapahoe. Nous effectuons une mission d'entraînement.

— Le code d'autorisation ! cracha Bolan.

— Entendu. Restez à l'écoute.

Le système automatique d'écoutes multiples se mit en marche puis s'arrêta sur une autre fréquence.

— *A toutes unités. Ici P.C. Arrêt des émissions sur première fréquence — je répète — arrêt des émissions sur première fréquence. Toutes communications se feront désormais sur cette fréquence-ci.*

Bolan sourit amèrement. Il n'y avait plus de doute possible. Il s'agissait d'une couverture. Ce n'était peut-être pas une vraie armée qui avançait vers lui, mais bientôt l'engagement serait si évident que les « soldats » ne feraient pas la différence.

Il prépara les fusées et leur système de visée. Un quadrillage apparut sur l'écran. Une petite lampe rouge se mit à clignoter.

Le premier véhicule de transport se trouvait au centre de la grille de visée. Bolan utilisa le système qui lui permettait de suivre automatiquement la cible choisie. L'écran commença à rougeoyer.

Son pied était déjà posé sur la pédale de commande. Il se donna un coup sec sur le genou avec le poing pour expédier le premier missile. Une colonne de feu décrivit une trajectoire presque horizontale puis il y eut une explosion assourdissante, faisant trembler le sol.

Le véhicule de transport disparut derrière un rideau de flammes et de fumée épaisse.

Des corps déchiquetés et des visages effarés apparurent brièvement sur l'écran. Bolan choisit un deuxième véhicule et envoya une autre fusée. Le résultat fut aussi destructeur. Une voix affolée s'éleva subitement :

— Nom de Dieu ! Faut sortir ces gars de là !

— Négatif ! cracha aussitôt une voix de commandant. Déploiement standard ! Faites-les bouger !

Ils vacillaient sous le choc. Il fallait que cela dure.

Le roulement de tonnerre de la dernière fusée s'entendait encore lorsque Bolan sauta de la caravane, muni de deux bandoulières et d'un M-79. Il faisait encore plus sombre maintenant.

La guerre n'avait pas duré plus de trente secondes, et pourtant le champ de bataille était couvert de cadavres, de mourants, de blessés pour qui les plaintes des mourants étaient effrayantes, pour qui le silence des morts était insoutenable.

Malgré cela, Bolan avait encore affaire à de nombreux guerriers. Il n'avait pas une chance de forcer le cordon qui l'entourait. Les officiers chargés du commandement étaient des professionnels. Ils avaient réussi à regrouper leurs hommes pour former des petites équipes. Celles-ci s'étaient abritées et attendaient.

L'attaque aux fusées avait eu un résultat spectaculaire, la place avait été parfaitement nettoyée. Les deux véhicules intacts avaient fait demi-tour, dévalé la pente pour disparaître de la vue de Bolan. Les trois voitures détruites achevaient de se consumer éclairant d'une lumière incertaine les cadavres abandonnés dans l'obscurité. Les « soldats » aussi, avaient dégagé le terrain de chaque côté du sommet où se trouvait Bolan. Ils étaient bien sous couvert, et une poignée seulement parmi eux avait la possibilité de riposter à une attaque. Mais aucun ne voulait attirer l'attention de l'homme solitaire.

La nuit se fit subitement, comme toujours, sur les hauteurs du Colorado.

Bolan en profita pour analyser la situation. Il ne prit pas plus de quelques secondes puis décida de la marche à suivre. Il avança prudemment mais rapidement, cherchant à s'abriter au maximum. Finalement, il posa au sol les charges qu'il allait lancer sur l'ennemi. Il n'était plus question d'en tuer le plus possible — il s'agissait de survivre.

Il y avait une brèche en contrebas. Là où la bataille avait fait rage. Un petit passage de *no man's land* mesurant une vingtaine de mètres de large, qui représentait la vie ou la mort pour Bolan. Il avait l'intention de neutraliser définitivement cet espace afin de pouvoir s'en servir.

Bolan commença à tirer au M-79 dans le but de remplir cette zone de fumée et de nuages de poussière et la rendre aussi peu accueillante que possible. Il envoya d'abord des explosifs, des gaz, puis des bombes fumigènes. Il répéta plusieurs fois l'opération. Au bout de deux minutes on n'y voyait goutte. La zone était complètement obscurcie. Un gros nuage de gaz, de fumée et de poussière planait à quelques centimètres du sol, et se mettait déjà à glisser lentement sur la pente. Peu après on entendit les hommes tousser puis se dégager dans le noir. Au centre du *no man's land* les épaves des véhicules brûlaient encore faiblement, comme un phare à peine visible dans le brouillard.

Bolan regagna la caravane, débloqua le frein à main, et dirigea la grosse masse en roue libre, sans phares, sans moteur. Il avait une centaine de mètres à effectuer et il visa·la lueur rougeâtre.

Il traversait déjà la zone sinistrée lorsque l'ennemi se rendit compte de ce qui se passait, mais il était trop tard. Pour toute réponse, il envoya une rafale à l'aveuglette, totalement inefficace. Bolan avait déjà passé le point de non-retour. Il tourna le volant, se dirigeant vers la grosse Cadillac blindée à bord de laquelle il y avait six hommes qui ne pensaient qu'à lui faire la peau.

Enfin il démarra le moteur, se mit en première, mais n'alluma pas ses phares, se contentant de ses caméras infrarouges.

A la radio, il entendit le P.C. qui prévenait les hommes dans la Cadillac.

— *Le bandit s'est échappé et se dirige vers vous. Laissez-le passer. Dégagez-vous, mais ne le perdez pas de vue. Il a un lance-fusées à bord de son véhicule. Faites attention.*

— *Scout un à P.C. Entendu.*

Bolan se donna un dernier coup de poing sur le genou au moment où la grosse voiture blindée commençait à se dégager.

La fusée jaillit de la tourelle, fonça sur le véhicule qui devint aussitôt une boule de feu. Virant sur elle-même, la Cadillac roula sur le côté, quasi détruite. Seules les tôles d'acier en avaient empêché l'éclatement total.

Deux types se dégageaient des amas de fer-
raille lorsque Bolan arrêta la caravane. Tous
deux étaient couverts de sang et le premier
leva maladroitement un pistolet lorsqu'il vit
apparaître Bolan.

Bolan tira de l'Auto-Mag sans viser,
l'homme s'arc-bouta puis s'effondra, mort.
L'autre était l'homme de la famille de Cleveland, Jingo Morelli.

— C'est fini pour toi, Jingo, dit froidement
Bolan.

Morelli était parfaitement conscient. Il se laissa retomber sur le dos, exhiba ses mains vides.

— Hé ! dites, faites pas ça.

Bolan laissa tomber une médaille sur
l'homme prostré.

— Donne-moi une raison pour ne pas le
faire.

Les yeux exorbités étaient implorants.

— N'importe quoi ! Dites-moi ce que vous
voulez, je vous le donnerai !

— Qui est ton chef ?

— Mais... mais je n'en sais rien ! Attendez,
donnez-moi une minute, je ne...

— Je ne t'ai pas demandé tout un sermon.
Abrège !

— Mais on ne l'a jamais vu, ce type ! C'est
vrai ! Il n'est pas l'un des nôtres, c'est tout ce
que je sais !

Bolan le savait déjà mais il voulait des détails plus précis.

— Ce n'est pas le moment de me faire du blabla, Jingo.

— Mais c'est la vérité ! C'est un mercenaire. Il vient de l'extérieur. Les soldats sont à lui.

— Alors, qu'est-ce que tu fais ici, toi, Jingo ?

— J'étais conseiller technique. Ils avaient besoin de quelqu'un pour vous reconnaître. Moi, je n'ai jamais demandé ce sale boulot, Bolan. Je ne peux pas le piffer, ce type. Mais il est fortiche. Il fait ça pour le million de dollars de prime, plus ses frais. Il dispose d'une armée entière qu'il a cachée dans les environs. Il a des troupes, des véhicules, des munitions. On l'appelle le général.

C'était fort intéressant — encore mieux que prévu.

— Mais encore, Jingo ?

— Je vous jure que je ne connais pas son nom.

— Alors, fais ta prière.

Bolan leva l'Auto-Mag. Morelli ne put détacher ses yeux du trou noir à l'extrémité du canon.

— O.K., soupira Morelli. Il a un surnom, *Trooper* (1). Je vous jure que je n'en sais pas

—————
(1) Le troupier.

davantage. Je ne l'ai jamais vu. Le contact se fait toujours par téléphone ou par radio. Il dirige tout depuis une base secrète. Il vient de tout régler par radio.

— Qui dirigeait cette opération, ce soir ?

— *Lui*. Par radio. Je vous le jure.

Bolan avait déjà passé trop longtemps auprès de Morelli. Le moment de battre en retraite était venu.

— Dis-lui que je suis venu pour lui, Jingo. Dis-lui que j'ai reçu son message.

Le visage décomposé de Morelli reprit quelques couleurs tandis qu'une lueur d'espoir brillait dans ses yeux.

— Je lui ferai part de votre message, Bolan.

— Ne bouge pas d'un poil avant mon départ, lui conseilla Bolan.

Il regagna la caravane, reprit la route toujours sans allumer les phares. Il roula quelques centaines de mètres puis quitta la route. Il revint à pied, effaça les quelques traces qu'il aurait pu y laisser puis remonta derrière le volant et consulta la console de sécurité. Tous les moyens de surveillance étaient en marche, prêts à cueillir des renseignements.

Bolan n'avait pas l'intention de fuir.

Le gibier était devenu le chasseur.

CHAPITRE III

Celui qui dirigeait l'opération était très audacieux.

Des soldats en uniforme gardaient l'accès du champ de bataille tandis que d'autres ramassaient les blessés et les morts, et nettoyaient toute la zone. Personne ne saurait jamais qu'un combat avait eu lieu sur cette plaine. De gros camions remorquèrent les débris des véhicules de transport, des ambulances emportèrent les blessés et les morts, des infirmiers soignèrent les blessés légers. Un camion-remorque, venu d'une casse voisine, se chargea d'enlever la Cadillac blindée.

Bolan continua sa surveillance durant toute l'opération de nettoyage. Il enregistra les brèves émissions radiophoniques, prit de nombreuses photographies des divers hommes et de leur équipement et écouta les paroles échangées par les soldats entre eux grâce à ses micros directionnels ultra-sensibles.

L'opération d'ensemble paraissait trop importante. Bolan ne pouvait pas croire qu'une force aussi complète avait été rassemblée dans l'unique but de venir à bout de l'Exécuteur.

Il fallait qu'il y ait autre chose.

Ces hommes se déplaçaient avec trop d'assurance — portaient des uniformes de l'U.S. Army et se servaient des fréquences réservées aux communications militaires. Ils roulaient en voitures officielles et disposaient d'armes venues directement des arsenaux du gouvernement. Même un inspecteur dépêché sur place par le quartier général n'y aurait vu que du feu.

Tout ça pour un seul homme ?

Les implications financières étaient énormes. En supposant que tout le matériel de guerre eût été volé — équipements, véhicules et armes — il faudrait dépenser une fortune tous les jours pour faire fonctionner cet ensemble.

Bolan se posait de sérieuses questions. Aussi, lorsque la colonne s'ébranla, il se mit à la filer discrètement. Ils prirent un chemin au nord, puis à l'ouest, s'enfonçant dans la montagne par des routes et des sentiers tortueux. Les quelques derniers kilomètres s'effectuèrent grâce à une suite de petites routes secondaires et de chemins en terre. Enfin, Bolan vit apparaître une route large qui venait d'être pavée et qui descendait dans une petite vallée entre les pics immenses.

Il avait essayé tout au long du chemin de se repérer sur la carte, mais il n'était pas sûr de bien savoir où exactement se situait la base.

L'atmosphère s'était raréfiée et il faisait très froid — suffisamment pour handicaper le moteur de la caravane. Les étoiles brillaient avec une incroyable netteté et le ciel nocturne paraissait tout proche.

Bolan quitta la route à un peu plus de deux cents mètres de la base, se dissimula dans les fourrés.

Une clôture grillagée entourait l'enceinte, protégée par des rouleaux de barbelés. Au-dessus du portail il y avait une grande ensei-gne portant l'inscription : *U.S. government property*. Deux P.M. refermèrent le portail derrière le dernier camion puis retournèrent auprès d'un véhicule tout-terrain qui servait sans doute de poste de garde.

On s'activait beaucoup dans l'enceinte. Partout, il y avait de la lumière, des voitures effectuaient des aller retour et des bruits étouffés parvenaient jusqu'à Bolan. Mais la base proprement dite était cachée à ses yeux, apparemment blottie au pied du rocher, et il ne pouvait pas voir de son poste d'observation.

Il enleva ses vêtements, garda seulement la combinaison de combat noire. Il réfléchit une seconde puis l'enleva aussi avant d'enfiler une combinaison de parachutiste dont la fonction principale était de maintenir la température du corps à un niveau confortable. Ensuite, il s'équipa pour une reconnaissance discrète — le Beretta, un pistolet à air comprimé avec des fléchettes de tranquillisant, un stylet, un garrot en nylon et divers gadgets. Puis, il se mit du noir sur le visage et les mains, et quitta la caravane.

La température sur la plaine avait été de quelques degrés, mais ici elle devait être de zéro. Quelques plaques de neige, des buissons et des pins disséminés créaient tantôt des taches claires, tantôt des taches sombres dans le paysage nocturne.

Bolan disparut dans l'obscurité, se fondant dans cette nature sauvage qui semblait l'observer.

Il longea la clôture, en gardant une distance d'une cinquantaine de mètres. Il s'arrêta souvent pour écouter et pour observer tout autour de lui. Il prêta une grande attention au terrain, cherchant des traces de mines ou de pièges électroniques qui auraient pu le trahir.

La base n'était pas très grande. Il en fit le tour en une vingtaine de minutes puis s'éloigna pour aller examiner la vallée dans son ensemble sur la pente opposée.

La topographie que distinguait Mack Bolan suggérait une région de moraines. La base secrète se blottissait dans une dépression du terrain, là où un glacier s'était probablement transformé en rivière. La camp était dissimulé par les pentes brusques et accidentées et aurait été difficile à déceler même du ciel.

Les hommes qui s'y cachaient se croyaient en sûreté.

Il n'y avait pas de gardes, exceptés ceux qui se tenaient près du portail. La clôture était électrifiée et il y avait des traces d'un système d'alarme électronique.

Bolan s'installa sur un rocher au-dessous d'un petit pin et dessina un plan de la base. Il y avait une quinzaine de hangars d'aviation de taille moyenne qui devaient servir de baraquements et dans chacun il était possible de faire dormir entre vingt et trente hommes. Un nombre imposant de véhicules encombraient un vaste parking. Au centre, se trouvait un grand bâtiment qui devait servir de mess et de salle de récréation, où pour l'instant les « tueurs », quelque peu démoralisés, recevaient des sandwiches et des boissons chaudes. Il y avait une sorte de petit chalet alpin fortement éclairé de l'intérieur, légèrement détaché des autres constructions, qui devait être le P.C., et il semblait s'y passer des choses. De l'autre côté, Bolan voyait une petite hutte qui servait d'infirmerie. Il y avait aussi des entrepôts en tôle ondulée et diverses petites baraques de stockage.

Bolan termina le plan, le rangea puis se mit à attendre, les yeux braqués sur l'incroyable petite base au cœur des montagnes Rocheuses. Il passa deux heures dans cette position avant d'estimer qu'il connaissait bien le rythme des activités de ceux qui s'y cachaient.

La raison de cette concentration de forces le tracassait. Il ne pouvait toujours pas croire que cette organisation existait seulement pour le supprimer. On avait décidé de le supprimer. Cela ne faisait aucun doute, mais ce n'était pas une explication suffisante.

Jingo Morelli avait voulu lui faire croire que Trooper était un chasseur de tête. *Il fait ça pour le million de dollars de prime, plus ses frais*. Mais il avait aussi dit qu'il s'agissait d'un mercenaire indépendant — ce qui était plein d'implications inquiétantes.

Les frais d'une pareille opération s'élèveraient à des millions de dollars — la prime n'était que d'un seul million. La Mafia finançait-elle vraiment Trooper ? Bolan n'en était pas convaincu. Quelque chose ne collait pas.

Etait-il concevable que la Mafia se soit alliée à quelque agence secrète du gouvernement américain ?

Evidemment, c'était possible. Tout était possible.

Lucky Luciano avait recouvré sa liberté grâce aux services secrets américains pour diriger les docks de New York au cours de la Seconde Guerre mondiale.

La Mafia et la C.I.A. s'étaient alliées face au gouvernement de Fidel Castro, et nul n'ignorait que certains mafiosi avaient réussi à se faire de solides amitiés dans l'ombre même de la Maison-Blanche.

Tout était possible.

Bolan allait se retirer lorsqu'un bruit familier lui vint aux oreilles. Un nouveau morceau du puzzle lui tomba littéralement du ciel sous la forme d'un petit hélicoptère surgissant derrière le sommet, il se posa rapidement au cœur de l'enceinte. Bolan voyait mal mais il eut l'impression de voir des hommes s'affairer autour de l'appareil. Il ne savait pas si quelqu'un en était descendu ou si quelqu'un était monté dedans, mais l'hélicoptère redécolla aussitôt. Il avait passé moins d'une minute au sol.

L'hélicoptère était d'un grand intérêt car il portait l'étoile de l'U.S. Army sur ses flancs.

C'était plus que troublant. Bolan décida de se replier. Un froid intérieur lui serrait les entrailles, quand il pensait à tout ce qu'impliquaient les faits qu'il venait de découvrir. Il importait peu qui commandait les soldats de la base. Il était bien possible que ces hommes soient de vrais soldats de l'U.S. Army, recrutés à leur insu par la Mafia pour faire la guerre à Mack Bolan.

C'était une pensée effrayante.

Bolan avait toujours refusé de tirer sur les forces de l'ordre. Il les évitait, tout simplement, réservant ses munitions à son véritable ennemi.

Mais maintenant...

Un glacier pesait sur le cœur de Bolan. Il avait déjà tiré sur cet « ennemi ». Il avait déjà fait des morts parmi eux. Bolan ne pourrait jamais se le pardonner s'il avait tué des soldats américains. Pour cela, il ne se trouvait pas d'excuses.

Si ses instincts l'avaient abandonné il ne devrait plus continuer. Il ne pourrait plus jamais avoir confiance en son propre jugement.

Il fallait savoir !

Inquiet et anxieux, il revint sur la route

d'accès et observa le portail une dizaine de minutes. Le véhicule tout-terrain était encore à la même place. Les deux P.M. en casque blanc veillaient toujours dans le véhicule, une arme automatique sur les genoux.

Bolan patienta, décidé à tout savoir. Les dix minutes lui parurent dix heures, mais il était fin prêt lorsque l'un des deux hommes descendit du véhicule. Il laissa son arme sur le siège, fit deux mouvements d'assouplissement, marmonna quelques mots à son compagnon, alluma une cigarette, partit dans les fourrés qui bordaient la route.

Le moment tant souhaité était arrivé.

Il s'approcha rapidement du véhicule, choisissant un angle d'où il ne pouvait pas être vu de l'intérieur, puis, à dix pas de la portière, leva le pistolet à air comprimé et envoya une fléchette tranquillisante sur le type qui était resté dedans. Celui-ci leva la main, toucha son cou, s'effondra comme une masse. Le produit anesthésiant agirait presque instantanément. Trente minutes plus tard, l'homme se réveillerait, et il ne subsisterait aucune trace de la drogue qui l'avait assommé. Il ne ressentirait aucun effet secondaire et se demanderait seulement comment il avait pu s'assoupir aussi subitement. Aucun examen médical ne décèlerait la drogue.

Bolan attendit le retour de l'autre, lui envoya également une fléchette soporifique dans le cou. L'homme tomba aussitôt. Bolan le porta jusqu'à la voiture, le mit sur le siège près du premier puis les fouilla soigneusement.

Tous deux portaient une plaque d'identification militaire autour du cou. Bolan releva les numéros d'immatriculation et trouva d'autres détails intéressants dans leurs portefeuilles. Enfin, il nota les numéros des armes automatiques ainsi que le numéro de série de la voiture.

Quelques minutes plus tard, il ne restait aucune trace de son passage. Les deux hommes allaient se réveiller, peut-être un peu abrutis, mais ni l'un ni l'autre ne voudrait avouer qu'il s'était assoupi.

Regagnant la caravane, Bolan se dit qu'il avait sûrement commis une erreur irréparable.

Une sensation de froid envahit de nouveau sa poitrine, son ventre. On avait enfin réussi à lui faire commettre un acte odieux.

On l'avait enfin piégé et, maintenant, il n'était pas meilleur qu'eux. Peut-être ne l'avait-il jamais été ?

Ces pensées soufflaient comme un vent glacial dans son cœur.

CHAPITRE IV

Harold Brognola occupait un poste très important à Washington. En quelque sorte, il était le numéro deux de la police fédérale américaine. A cause des événements récents, il avait dû passer bon nombre d'heures à conseiller le National Security Council. Comme si toutes ces activités ne suffisaient pas, il avait été chargé d'amener Mack Bolan devant les tribunaux.

Brognola était essentiellement un spécialiste ès crime organisé. Sa position était devenue bien plus importante depuis que Mack Bolan était revenu du Viêt-nam pour commencer sa guerre solitaire. Réaliste, Brognola avait immédiatement reconnu l'utilité de Bolan et il avait tout fait pour secrètement s'allier aux efforts de l'Exécuteur — et il avait voulu officialiser les actes de Bolan. Bolan avait toujours refusé de collaborer avec le gouvernement et d'accepter un portefeuille.

Brognola s'était arrangé pour forcer la sympathie de certains hauts fonctionnaires. Durant la quatrième campagne de Bolan, Brognola lui avait apporté une offre d'amnistie et la permission de continuer la guerre à condition d'accepter les consignes de Washington. Bolan avait refusé net.

— Merci, avait-il dit à Brognola. Mais je ne veux pas qu'on m'accorde un permis spécial.

Brognola avait compris sa réaction, mais cela ne lui avait pas facilité la vie. Pourtant, il n'en admirait Bolan que davantage. Son refus de collaborer attira la colère de Washington sur la tête de Bolan. La réaction ne se fit pas attendre. On avait dit à Brognola :

— *Arrêtez-le !*

Depuis lors, il s'était toujours fait l'impression d'un funambule sans balancier.

Bolan était exactement comme la poule aux œufs d'or. Il suffisait de le suivre pour ramasser les miettes — ou les débris. C'était précisément ce qu'avait fait Brognola, et l'effort qu'il dirigeait contre le crime organisé s'en était avantageusement ressenti. Brognola, luimême, avait eu tout l'avancement qu'un policier eût pu souhaiter — et ce, grâce au fameux Mack Bolan qu'on lui enjoignait perpétuellement de faire supprimer.

Tuer Bolan ?

Harold Brognola était un flic — un bon flic — mais il était avant tout un homme bien, un homme de cœur. Il n'avait aucune envie de perdre Mack Bolan, ou même de le voir incarcérer. Sa position était extrêmement délicate, mais il avait accordé son amitié à Bolan, et leurs rapports transcendaient l'éthique professionnelle. Il était totalement pro-Bolan.

Il y en avait un autre qui vouait, lui aussi, la même amitié admirative à Bolan. Leo Turrin aurait défié Dieu le Père si Bolan avait déplu aux yeux du Seigneur. Turrin était également bien placé, mais dans l'autre camp. Il était *sotto-capo* de la famille de Pittsfield mais il était aussi un agent fédéral. Au moment de la première bataille de Bolan — à Pittsfield, sa ville natale — il n'était qu'un obscur sans grade, et il avait failli y passer avec les autres lorsque Bolan avait laissé aller sa juste furie. Au dernier moment, Leo Turrin avait révélé sa véritable identité, et avait survécu. Sa situation personnelle s'était sérieusement compliquée par la suite. Il était mafioso, agent fédéral et l'allié de Mack Bolan. Les deux hommes se refilaient des tuyaux et les deux en avaient profité. Turrin avait grimpé dans les rangs de la Mafia avec une rapidité vertigineuse. Aussi, dans les milieux fédéraux, sa cote d'amour s'était accrue.

Les avantages de leurs échanges étaient innombrables, et nul ne le savait mieux que Hal Brognola. Il était probable que Turrin soit prochainement admis au conseil suprême de la Mafia — la *Commissione*. C'était une couverture fantastique. Aucun prix n'était trop élevé pour qu'il y accède.

Mais il ne fallait pas que Mack Bolan meure ou qu'il soit arrêté.

Turrin n'y tenait pas plus que Brognola.

Le téléphone tinta lorsque l'aube grise pointait à Washington.

« Ici Stricker, dit la voix déguisée qu'il connaissait si bien.

— Une seconde », marmonna Brognola.

Il mit l'appel en attente.

— Les affaires, expliqua-t-il d'une voix mal réveillée à son épouse qui avait ouvert un œil.

Il alluma un cigare, enfila une robe de chambre, gagna la bibliothèque où il prit l'appel en le faisant passer sur un appareil brouillé.

— Allons-y, Stricker. Que se passe-t-il à cette heure-ci ?

— Je ne sais pas. Que se passe-t-il dans le Colorado ?

Brognola poussa un soupir.

— Pas mal de choses. J'ai appris que les

équipes universitaires tenaient la grande
forme, ça pourrait donner de belles rencon-
tres. Il fait un temps superbe pour les skieurs.
A part ça, je n'ai aucune idée de ce qui se
passe au Colorado.

— C'est un tort, dit Turrin. Il paraît que
Denver est la banlieue de Washington depuis
qu'on a installé un athlète à la Maison-Blanche...

— O.K., O.K., le président s'y rend souvent. Et alors. Tu sais, il est curieux que tu
m'appelles à l'aube pour me raconter des...
Qu'est-ce qui ne va pas ?

— Frappant s'y trouve, voilà ce qui ne va
pas. Cependant, cette fois, c'est apparemment
lui qui fait les frais de la fête. Il est dans tous
ses états, Hal. Il veut savoir si le gouvernement trame quelque chose dans le coin. Il m'a
dit qu'il y avait un régiment de tueurs militaires. De vrais militaires. Il a dû en descendre
pas mal pour se dégager, mais il croyait qu'il
s'agissait du camp adverse. Maintenant, il
s'en veut à mort. Moi, je ne sais pas où donner de la tête. Sûrement parce que c'est moi
qui l'ai envoyé là-bas.

— Tu avais entendu parler de quelque
chose ?

— Plus ou moins... Des rumeurs. Frappant croit qu'il y a un complot. Il est sûr

d'une partie des opérations. Ça relève des miens. Mais il croit que les autres sont les tiens. Une combine, Hal. Sais-tu quelque chose ?

— Non.

— Ce non n'était pas très franc. Tu en es sûr ?

— Pas tout à fait. Pour autant que je..sache, c'est non. Mais je poserai des questions. Il y a eu beaucoup de morts ?

Turrin poussa un soupir.

— Oui.

— Merde.

— Il fallait bien que ça arrive tôt ou tard. Il est parfois difficile d'identifier les participants, Hal. Je me demande déjà comment il a fait depuis tout ce temps pour ne pas se tromper. Tu sais à quel point il est honnête. Mais ça fait longtemps qu'il vit dans des conditions normalement insoutenables. Ce n'est pas un psychopathe ni un fou...

— Evidemment non, grogna Brognola. C'est le type le plus équilibré que j'aie jamais rencontré.

— D'accord, c'est justement ça. Si jamais il apprend qu'il a massacré des soldats américains, te rends-tu compte de ce que ça lui fera ? Un type normal aurait craqué depuis longtemps. Cette fois ça pourrait lui arriver.

Franchement, Hal, je me fais un sang d'encre.

Brognola réfléchit un moment en mordillant son cigare.

— Il y a de quoi, dit-il enfin. Ecoute, je veux lui parler. Dis-lui de m'appeler.

— Il ne le fera pas. Mais il t'a envoyé un paquet. Tu trouveras des noms, des numéros d'immatriculation militaire et des numéros de série d'armes ainsi que d'un véhicule militaire, des empreintes digitales, etc. Il voudrait que tu vérifies ces renseignements. Je te rappellerai dans quatre heures et j'espère que tu auras de bonnes nouvelles à lui faire connaître.

— Où est-ce que je recevrai le paquet ?

— Par le vol 250 de la T.W.A. qui arrive à Dulles à huit heures. C'est adressé à Harold Brown.

— D'accord, soupira Brognola. J'irai le chercher. En attendant dis à notre ami de se planquer jusqu'à ce qu'il ait eu de nos nouvelles. Il faut absolument qu'il se terre. Fais-lui bien comprendre.

— Il m'a dit qu'il était cerné, Hal. Il devra décider de continuer ou non d'une minute à l'autre. Mais il n'en fera rien, c'est ce qui m'inquiète. Donne-moi de bonnes nouvelles dans quatre heures, Hal. Je ne veux pas le voir partir à l'abattoir.

— Quelle merde, marmonna Brognola en raccrochant.

Il retourna dans sa chambre où son épouse l'attendait, tout à fait réveillée.

— Tu fais une sale tête, dit-elle doucement.

— Rendors-toi, Helen, soupira-t-il en commençant à s'habiller.

— Tu sors déjà ? Sans prendre ton café ?

— J'en prendrai un en chemin.

— Où vas-tu ?

A Washington les épouses étaient toutes très inquiètes depuis un certain temps. Helen Brognola ne faisait pas exception à la règle.

— Que se passe-t-il ?

Il boucla son ceinturon, fit une petite grimace amicale à son épouse.

— Les affaires.

— De drôles d'affaires, rétorqua-t-elle avec légèreté pour essayer de cacher son anxiété.

Il y avait toujours eu un lien mental très particulier entre Brognola et sa femme. Une sorte de transmission de pensée en permanence.

— Bolan, dit-il.

— Ah ! fit-elle en l'examinant avec des yeux ronds. C'est grave ?

Elle n'avait jamais rencontré Mack Bolan,

mais elle le connaissait à travers son mari, et elle savait ce que son mari ressentait vis-à-vis de Bolan.

— Assez grave, oui.

— Embrasse-le pour moi, chuchota-t-elle en le serrant dans ses bras.

Cependant, Brognola savait que Mack Bolan aurait besoin d'un peu plus que ça.

Il lui fallait l'aide du Seigneur.

Et même le numéro deux de toute la police américaine ne pourrait pas la lui envoyer.

CHAPITRE V

Tandis que l'aube pointait déjà à Washington, les étoiles constellaient toujours le ciel nocturne du Colorado. Mack Bolan avait eu fort à faire au cours de la soirée. Après avoir quitté le camp secret, il avait soigneusement reporté sur la carte les trajets qu'il avait parcourus, déterminant avec précision le lieu de la base. Elle se trouvait dans la région de Mt. Audubon — au sud du Rocky Mountain National Park et de la Shadow Mountain Recreation Area, mais bien à l'écart des zones normalement fréquentées. La région était sauvage, peu de routes et presque pas d'habitations. La commune la plus proche s'appelait Peaceful Village, et Bolan s'y rendit aux alentours de minuit. Il découvrit un camping à quelques kilomètres au sud, il y rangea la caravane et commença à programmer les renseignements qu'il avait glanés durant la soirée sur Mt. Audubon.

Il avait récolté un grand nombre d'informations mais, pour l'instant, il y en avait peu qui étaient d'un intérêt immédiat. Les plus intéressantes étaient les photographies prises à l'infrarouge, mais il s'agissait surtout de visages anonymes et de matériel militaire.

Arrivé à la fin du dossier, il n'était pas plus avancé qu'avant concernant le problème qui le préoccupait le plus. Il pensait toujours avoir commis la plus grande erreur de sa vie. L'opération était typique de l'U.S. Army, tout collait. Bolan ne se serait jamais attaqué à eux s'il n'avait pas décelé la présence de mafiosi — c'était là le hic. Sa seule consolation était le témoignage arraché à Jingo Morelli qui se croyait à deux doigts de la mort. Mais il n'en tirait pas un grand réconfort car Jingo n'était qu'un tout petit pion dans la famille de Cleveland et rien ne prouvait qu'il était au courant de ce qui se tramait réellement.

D'après les renseignements électroniques une chose était certaine : l'opération contre Bolan avait été minutieusement préparée et rondement menée. On avait pourtant commis une erreur qui lui avait permis d'échapper au piège. On avait sous-estimé sa puissance de feu.

La prochaine fois on saurait.

Ensuite Bolan devait déterminer s'il y aurait une prochaine fois. Il lui fallait absolument identifier ses adversaires. A part cela, il ne savait vraiment pas ce qu'il pouvait faire. De toute façon, quelle que soit l'identité de ses adversaires, il se trouvait dans de sales draps. Il était cerné. Il pourrait toujours se déplacer un peu à l'intérieur d'une zone délimitée, mais il lui serait tout à fait impossible de quitter la région. Il provoquerait un engagement qui serait fatal d'un côté ou d'un autre. C'était ce genre de situation qu'il craignait le plus. C'était déjà délicat lorsqu'on savait qui était qui et ce qu'il convenait de faire. Il ne connaissait pas l'étendue de la région sous surveillance et il ignorait l'ampleur des forces qui le recherchaient. Il n'était pas certain que la base de Shadow Mountain soit la seule ; il pouvait y en avoir d'autres. Et si c'était réellement l'U.S. Army ?...

Une sale situation, vraiment. C'était comme s'il se trouvait au fin fond d'un territoire Viet-cong et venait d'apprendre que les siens avaient reçu l'ordre de le tirer à vue.

Toute sa guerre personnelle contre la Mafia s'était effectuée dans des conditions similaires, depuis le premier coup de feu à Pittsfield. Mais, auparavant, l'ennemi était toujours vêtu en civil et les flics en uniforme ou avec

un écusson sur la poitrine. Il était relativement facile de distinguer ces adversaires les
uns des autres et de se concentrer sur le
massacre de l'ennemi véritable. Bolan ne ressentait aucune haine contre les forces de l'ordre car elles ne faisaient que leur devoir.
D'après la justice la plus élémentaire, les flics
avaient raison et Bolan avait tort. C'était une
chose qu'il comprenait et qu'il acceptait. Mais
il admettait aussi qu'il avait un droit moral à
continuer sa croisade. Il n'était pas à ses propres yeux un criminel, sauf dans la mesure où
il refusait de se plier aux exigences de la loi en
ce qui concernait la Mafia. Il fuyait la police
mais il ne tirait jamais sur elle. Pour aucune
raison au monde il ne se serait départi de cette
attitude. Il ne s'attaquerait jamais aux forces
de l'ordre.

La situation était intolérable. Si c'était vraiment l'armée américaine qui le traquait, alors
la guerre touchait à sa fin. Il utiliserait toutes
les ruses imaginables pour s'esquiver, pour
s'éloigner calmement, mais cela lui paraissait
virtuellement impossible. Tôt ou tard, il y
aurait une confrontation et, à ce moment-là,
tout serait fini pour lui.

Il était donc essentiel qu'il puisse identifier
l'ennemi. Il se refusait à mourir dans l'incertitude.

Telles furent les pensées de Bolan en fin de soirée sur les hauteurs du Colorado.

Dès qu'il eut transcrit les renseignements sur papier, il rangea le dossier dans un attaché-case. Puis il enfila une grosse chemise en laine, des jeans, des bottes, le harnachement du Beretta et une large veste fourrée. Finalement, il verrouilla la caravane et brancha l'alarme électronique. Il était hors de question de circuler à bord de l'énorme GMC. Il le laisserait quelque temps dans le camping. Il sortit une petite moto de cross de la soute puis se dirigea vers Peaceful Valley où il espérait trouver un moyen de locomotion plus apte aux distances qu'il devait couvrir.

En passant devant une station-service il remarqua une vieille camionnette Ford assez abîmée avec un écriteau : *A vendre 375 dollars*, sur le pare-brise. Il en fit le tour en donnant un coup de pied dans les pneus puis il trafiqua les fils du démarreur et fit tourner le moteur.

Sûr que l'archaïque machine serait bonne pour quelques kilomètres, il mit quatre billets de cent dollars dans une enveloppe qu'il scotcha sur la porte du garage. Il hissa la petite moto dans la camionnette puis repartit vers le sud jusqu'à la caravane. Il rangea la moto et fit le plein d'essence.

En redescendant vers les plaines, il remarqua la présence de nombreux véhicules militaires à bord desquels les soldats scrutaient minutieusement toutes les voitures qu'ils croisaient. Mais il ne rencontra aucun obstacle jusqu'à Denver. Il n'y avait aucun barrage et personne ne lui posa de questions, ce qui était plutôt bon signe. L'U.S. Army aurait fait installer des barrages à chaque croisement de route. Mais peut-être ne l'aurait-elle pas fait après tout. Il y a plusieurs moyens de piéger un homme en fuite. Pourtant l'absence de barrages lui facilita momentanément la tâche.

Mais tout était différent à Stapleton Field à Denver. Il y avait des flics partout. Ils ne jouaient pas les gros bras et ne fouillaient personne mais ils étaient là et surveillaient les lieux avec une grande attention. Faisaient-ils partie de l'opération anti-Bolan ? Si oui, la situation devenait de plus en plus délicate. Voire désespérée.

Bolan mit une casquette de chasseur et des lunettes à monture en acier et se lança dans la cohue. Si c'était la Mafia qui le cherchait elle se servait vraiment de tous ses atouts pour arriver jusqu'à lui. Si ce n'était pas la Mafia... C'était pire encore.

Il y avait peu de circulation et le parking près du hall principal était presque vide. Bolan en fit lentement le tour et la vieille Ford attira quelques regards des hommes en faction. Pourtant, personne ne l'interrogea. Il passa devant le hall des départs et rangea la camionnette sur un emplacement en face du bureau d'affrètement, lança un bref coup d'œil sur un agent de sécurité qui se trouvait près de la porte d'entrée et s'engouffra à l'intérieur.

L'agent le suivit et le regarda distraitement remplir un bordereau d'envoi pour l'expédition de l'attaché-case.

— Il faut absolument qu'il soit sur le vol de trois heures, dit Bolan.

— Quelques minutes de plus et vous l'auriez raté, dit le responsable qui se tenait derrière le comptoir.

— Oui, j'avais peur de ça.

Il fixa délibérément le flic puis ajouta :

— Qu'est-ce qui se passe ? Je m'attendais à ce qu'on me saisisse par le bras d'un seul coup. Là, c'est sûr, je ne serais pas arrivé à temps. Qu'est-ce qui se passe ?

Le responsable ricana brièvement, indiquant le flic d'un regard.

— On joue aux flics et aux voleurs. Posez-lui la question.

Bolan se tourna vers le policier.

— Alors ? demanda-t-il.

Le type avait la main posée sur la crosse d'un gros .38 et il faisait une sale tête.

— On cherche un fugitif, dit-il d'une voix qui voulait prouver qu'il s'agissait d'une affaire de routine.

Le responsable ricana de nouveau :

— C'est sûrement un gosse qui aura piqué une voiture, dit-il en faisant de la monnaie pour Bolan.

Le flic l'entendit, s'approcha d'eux, dit sur un ton vexé :

— Un gosse, tu parles !

Il s'adressait surtout à l'employé.

— On dit que Mack Bolan se trouve dans la région. Mais il ferait bien de ne pas s'amener dans cet aéroport. C'est moi qui vous le dis.

Le responsable des colis était un homme aux cheveux blancs d'une soixantaine d'années. Il haussa légèrement les épaules, quitta le comptoir emportant le paquet de Bolan.

Bolan regarda naïvement le policier.

— Qui est Mack Bolan ?

— Vous ne lisez jamais les journaux ? s'étonna le flic. C'est seulement l'homme le plus recherché de tous les Etats-Unis.

Bolan ouvrit de grands yeux pour montrer combien il était impressionné par ce renseignement. Il marmonna une banalité, puis retourna à la vieille camionnette. Le flic lui emboîta le pas pour reprendre sa faction, la main toujours sur la crosse de son revolver.

Alors comme ça, on disait que Mack Bolan était dans la région ?

Une fois de plus le renseignement était lourd de conséquences, d'une manière ou d'une autre.

Bolan quitta prudemment l'aéroport et se mit à la recherche d'un téléphone. L'attaché-case était déjà dans l'avion et le vol durerait environ trois heures. En attendant, il lui fallait parler à Leo Turrin et lui apprendre ce qui se passait au Colorado.

Mais après ?...

Tout doucement un plan d'action commençait à se former dans l'esprit de Bolan. Turrin et Brognola étaient de bons amis, mais l'aide qu'ils pouvaient lui apporter était plutôt limitée aux enquêtes discrètes, ce qui, étant donné la situation, était peu réconfortant.

Il faudrait attendre trois heures pour que Brognola ait le dossier en main et qu'il puisse commencer à examiner les faits.

Mais trois heures étaient une éternité pour celui qui risque de rencontrer la mort d'une seconde à l'autre.

Bolan n'avait pas les moyens d'attendre que ses amis lui apportent leur assistance. Il devait agir tout de suite, il fallait absolument qu'il trouve le moyen de déchirer le filet qui se resserrait autour de lui.

D'abord parler à Leo. Et ensuite ?... Porter son attaque au beau milieu du filet ? Ce serait le seul endroit vulnérable. Mais où se trouvait le milieu ?

Il lui faudrait chercher. Très prudemment.

CHAPITRE VI

Au Colorado l'aube n'était pas du tout grise. Tout l'horizon à l'est était illuminé d'ors, de rouges et d'orange qui soulignaient la ligne noire et irrégulière des montagnes en contre-jour. Ici et là un pic enneigé brillait vivement lorsqu'un rayon de soleil venait se poser dessus. C'était si impressionnant, si grandiose qu'en le contemplant, un homme ne pouvait oublier qu'il était mortel. Mais Bolan ne l'avait pas oublié. Chaque battement de son cœur lui rappelait la présence de la mort. Il y pensait toujours en abandonnant la vieille Ford aux abords de la commune de Cherry Hills qui se trouvait dans la banlieue sud de Denver et se dirigea à pied vers la maison de Thomas Rizzi qui était un important mais discret personnage de la Mafia.

A part les petites opérations de quatre sous — la prostitution et le jeu — Rizzi était un financier qui avait investi dans de nombreuses entreprises normales, à Denver et ailleurs. Il dirigeait une société d'investissements, il était propriétaire de plusieurs restaurants et boîtes de strip-tease, il possédait la moitié des actions d'un centre commercial, et récemment, il s'était lancé dans la promotion immobilière dans la région de Mancos à l'extrémité sud-ouest du Colorado. Bolan avait fait son enquête sur Rizzi dès son arrivée à Denver, et avait décidé qu'il n'apprendrait rien d'important. Pourtant, maintenant, il lui semblait intéressant d'examiner un peu plus le discret Thomas Rizzi. Il était possible qu'il ne participe pas à l'action dirigée contre Bolan, mais comme le déploiement avait lieu sur son territoire, il était normal qu'on l'ait informé sur ce qui allait s'y passer.

Bolan avait l'intention de lui parler et de le faire parler. C'était risqué. D'autant plus qu'on s'attendrait justement à ce qu'il le fasse. Il avait remarqué deux voitures de patrouille qui rôdaient dans le quartier lorsqu'il effectua son premier passage à bord de la vieille Ford. Une voiture anonyme était stationnée à une cinquantaine de mètres de la grande maison de Rizzi, et Bolan reconnut la procédure classique de la police. Le « tuyau » en question avait dû être de taille si les flics de Denver utilisaient autant de moyens. Il avait constaté que toute la ville était remplie de policiers. Néanmoins, il avait décidé d'aller voir Thomas Rizzi.

D'ailleurs, il était avantageux pour Bolan que ses ennemis fussent si nombreux. Ils étaient trop nombreux et trop différents les uns des autres. En plus de la police, il y avait une troisième présence dans le quartier — les hommes de Trooper — qu'on ne pouvait pas voir mais dont on ressentait la menace comme une ombre maléfique. Bolan la ressentit instinctivement, et il avait appris à tenir compte de ses instincts.

Il était à pied, peu armé, vêtu comme à l'aéroport, et il s'approchait de la maison par-devant. Etant donné les circonstances, c'était ce qu'il avait de mieux à faire. Il pouvait bondir d'un côté ou de l'autre à la moindre provocation, ou continuer en avant en utilisant les événements comme il l'entendait.

C'était un quartier résidentiel très exclusif. Les parcs des maisons étaient soigneusement entretenus, et ici et là de hauts murs s'élevaient, derrière lesquels on n'apercevait que la cime des arbres. La maison de Rizzi n'avait pas de murs d'enceinte. Elle se trouvait splendidement isolée au sommet d'une petite colline à une trentaine de mètres de la rue. Toute blanche et de style colonial, elle avait de grandes colonnes blanches et un porche démesuré. Une allée pavée, cernée de petits pins, menait jusqu'à la maison, passait sous un portique et servait également de parking. D'un côté, il y avait un garage pour trois voitures et, au-dessus, un appartement de service.

Lorsque Bolan était passé une première fois en début de matinée, il y avait quatre voitures rangées sur le parking ovale et une autre devant le garage. La voiture des policiers se trouvait à quelques maisons de là, garée de l'autre côté de la rue d'où les occupants pouvaient voir sans mal tout ce qui se passait chez Rizzi. Les voitures de patrouille passaient et repassaient dans la rue et dans les rues avoisinantes, assez proches pour intervenir en cas de besoin, mais suffisamment éloignées pour qu'une pénétration de la propriété de Rizzi soit envisageable.

Mais il y avait d'autres facteurs — plus inquiétants encore. Une camionnette de crémier qui rôdait constamment dans le quartier. Les hommes qui vivaient de ce métier devaient forcément déposer leurs commandes à toute vitesse puis filer dans un autre quartier. Or, celui-ci traînait déjà depuis plus d'un quart d'heure. C'était anormal.

Quelques minutes avant l'arrivée de la camionnette du crémier il y avait eu un livreur de journaux qui, lui aussi, prenait beaucoup trop de temps à faire sa besogne. Il allait et venait dans une estafette.

Maintenant, un camion de service des P.T.T. était arrivé, s'était immobilisé près d'un poteau et le « technicien » faisait les cent pas dans les alentours. Les P.T.T. sur place à l'aube ?...

Bolan faisait ses déductions en se basant uniquement sur l'instinct. C'était comme ça qu'il avait survécu. Il était possible que tous ces hommes soient des policiers, mais ils étaient trop nombreux pour une surveillance de routine. Si les flics devaient réellement couvrir tout le quartier et veiller à toutes les éventualités, il y en avait trop dans ce seul coin.

Bolan remonta la rue en marchant bien au milieu, sans regarder à droite ni à gauche. Il passa près de la camionnette du crémier puis arriva à la hauteur de la voiture de patrouille. Il s'assit au bord du trottoir en tournant le dos à la voiture et se massa les jambes.

— C'est vous autres qui avez la tâche facile, dit-il d'une voix lasse.

Il ne se retourna pas vers les hommes dans la voiture.

— N'en croyez rien, rétorqua une voix terne. Qu'est-ce qui se passe ?

— Il fait jour, dit Bolan. Il ne viendra pas.

— On n'en sait rien. Je vous connais ?

— J'espère que non, rétorqua Bolan d'une voix calme. On ne me paie pas pour que des gars comme vous me connaissent. Vous avez vu le laitier ?

Il y eut un silence.

— Oui, de temps à autre.

— Ça fait pas mal de temps qu'il traîne.

— Vous savez ce qu'on dit sur les laitiers ?

— Pas celui-ci. Il passe tout son temps dans la camionnette. Allez vérifier.

— Euh !... il n'est pas l'un des vôtres ?

— Non, ce n'est pas l'un des miens, dit Bolan. Il y a aussi un type des P.T.T. à l'angle de la rue un peu plus loin.

— Et alors ?

— Vous avez déjà vu réparer une ligne au milieu de la nuit ?

Il entendit l'homme soupirer derrière lui. Un instant plus tard, il entendit des voix grésillantes à la radio. Il se leva, se brossa le fond du pantalon.

— On vérifie, lui dit l'homme dans la voiture.

Bolan acquiesça, s'éloigna. Jusque-là ça allait. Il était normal que les flics soient entrés dans son jeu. Ils étaient les victimes des jeux que leurs maîtres leur faisaient constamment jouer.

Il est toujours difficile d'identifier ses adversaires. Heureusement pour Bolan cette vérité s'appliquait à tout le monde.

*
**

La nuit avait paru interminable à Jack « Sailor » Santini. Il était content qu'elle soit terminée. Il éteignit les lumières extérieures et sortit sur le porche pour respirer un peu d'air frais et pour examiner la situation. Le froid matinal le revigora et il contempla la beauté dorée de l'aube. Le monde était décidément très beau — bien trop beau pour l'infecte humanité qui le peuplait. L'ancien marin-pêcheur de San Francisco appréciait énormément la nature — un sentiment tout naturel étant donné les douze années qu'il avait passées derrière les barreaux de la prison de San Quintin. Thomas Rizzi était son copain d'enfance. Ils avaient grandi ensemble à North Beach, une banlieue de San Francisco. A l'âge de dix-huit ans, Rizzi était parti pour New York où il s'était associé à l'une des grandes familles. Santini, lui, s'était embarqué à bord du bateau de son oncle puis avait fait la connaissance de Sylvia qu'il avait épousée. Les gosses avaient suivi avec une régularité alarmante. Il y avait eu trop de bouches à nourrir pour le petit salaire de marin-pêcheur.

Santini avait commencé par accepter de faire des courses pour le milieu, puis s'était mis à la disposition des prêteurs sur gages de San Francisco. La plupart du temps, il devait rosser un client récalcitrant, mais il lui arrivait aussi de faire disparaître des cadavres dans la baie. L'immense pêcheur se fit bientôt une réputation de fossoyeur maritime. Son premier métier lui permit d'arrondir ses fins de mois grâce à son second. C'était exactement ce qu'avait dit le procureur général au moment de l'inculpation. Santini avait fait disparaître plus de vingt cadavres et avait été impliqué dans plusieurs meurtres. En tout il n'avait passé que cinq ans sur des bateaux de pêche. Finalement, il avait été condamné à cinq ans fermes pour complicité. Sylvia, sa femme, en profita pour divorcer. Elle disparut de la circulation en emmenant les gosses, et Sailor Jack ne les avait jamais revus. En revanche, il revit plusieurs fois les cellules de San Quintin au cours des années qui suivirent.

Tom Rizzi le tira de ce mauvais pas et le fit venir à Denver. Il lui donna une place et lui rendit un semblant de respectabilité. Rizzi avait fait sa fortune en plaçant des fonds, qui lui avaient été remis par divers mafiosi new-yorkais, dans l'immobilier. Depuis, il était devenu une véritable puissance locale.

Rizzi n'avait jamais eu le goût de la violence. Il n'avait jamais rossé quiconque et il n'avait jamais été condamné que pour des peccadilles. Il était surtout un charmeur qui combinait ses coups en montrant beaucoup d'astuce. Il était *décontracté* comme on disait à San Francisco.

Sailor Jack ne pouvait pas le sentir.

Ce n'était pas étonnant. Sailor Jack haïssait tout le monde en général, et lui-même en particulier. Il trouvait que Dieu avait commis une seule erreur en créant le monde, il y avait mis l'homme.

Mais le monde était bien beau. Sans l'homme, le monde lui aurait paru absolument parfait.

Il contempla une dernière fois les cimes des montagnes enneigées, avança au bout du porche et alluma une cigarette puis appela :

— Jim ! Eddie !

Un grand gosse maigrichon emmitouflé dans un gros manteau sortit de l'ombre du portique, avançant avec raideur.

— Oui, Jack ?

— Où est Eddie ?

Le second homme apparut au coin sud de la maison.

— Ici, fit-il. Qu'est-ce qu'il y a ?

— Nous sommes demain. Rassemblez vos hommes et rentrez chez vous. Merci de nous avoir tenu la main.

— La prochaine fois arrange-toi pour que ce soit en été, lança le gosse transi.

— Mr Rizzi apprécie ce que vous avez fait. Vous vous en rendrez compte en voyant vos chèques. Fichez le camp. Allez baiser une nana, ça réchauffe.

Il les regarda rassembler leurs hommes et les faire monter en voiture pour partir. C'était ridicule d'employer ces intérimaires, ça coûtait les yeux de la tête. Ce serait beaucoup plus raisonnable de payer une équipe à la semaine ou au mois et de la garder sur place. Mais Mr Rizzi — le Décontracté — ne voulait pas en entendre parler. Ce serait trop évident. Ça nuirait à son image de marque de promoteur immobilier d'avoir une bande de truands chez lui. Quelqu'un pourrait croire que le bon Mr Rizzi avait des liens avec le milieu. A Dieu ne plaise.

Sailor Jack tira une bouffée sur sa cigarette, regarda s'éloigner les voitures des intérimaires et songea à l'hypocrisie des hommes. Puis, il leva les yeux et contempla avec ravissement les rayons du soleil qui se reflétaient sur les glaciers. A contrecœur, il se décida de rentrer dans la maison.

Les voitures des hommes de main s'engagèrent dans la rue et se dirigèrent à l'ouest. De l'autre côté, il y eut soudain un vacarme qui arrêta Sailor Jack. Il se retourna vivement. Il entendit crier. Puis, un homme en uniforme blanc se mit à courir dans la rue, suivi par un assistant deputy. A cinquante mètres à l'est une voiture quitta précipitamment son emplacement et encore plus loin il y eut une rafale de coups de feu.

— Eh merde ! marmonna Santini.

Il entra rapidement à l'intérieur.

Rizzi le Décontracté apparut au sommet de l'escalier en robe de chambre en soie et s'écria :

— Jack ! J'ai entendu des coups de feu !

— Ce sont les flics, dit Santini. Ils coursent quelqu'un dans la rue.

— Est-ce que ça pourrait être *lui* ?

— Ça *pourrait* être le Christ lui-même. Ça pourrait aussi être un gosse paniqué qui a piqué une paire de candélabres. Mais fais attention, Tommy. Rentre dans ta chambre. Enferme-toi à clef. Al est là-haut ?

— Non, il est descendu chercher du café.

— O.K. Je te l'envoie. Ne bouge pas.

Le Décontracté acquiesça brusquement, rentra dans sa chambre. Il n'aimait pas qu'on lui parle sur ce ton, et Santini le savait, mais il savait aussi que c'était à cause de cela que Rizzi le trouvait irremplaçable. Il lui avait toujours donné des ordres, et Rizzi l'avait toujours respecté à cause de ça. C'était comme ça depuis leur plus tendre enfance et Tommy avait toujours été le plus futé des deux. Santini ne comprenait pas la psychologie profonde de leurs rapports mais il les acceptait et il jouait le jeu.

Il se dirigeait vers la cuisine pour renvoyer le garde du corps, Al, lorsque la porte de la chambre de Rizzi se rouvrit avec fracas. L'homme à la robe de chambre en soie apparut, marchant à reculons.

Il n'était pas seul, il n'avait pas son air décontracté. Dans la bouche, il avait le canon d'un horrible pistolet noir. Il se tenait aussi raide qu'un automate débranché, les yeux fermés et pouvait à peine respirer. Le canon du pistolet avait presque disparu à l'intérieur de sa bouche.

Celui qui tenait le pistolet était grand, impressionnant. On peut dire qu'il avait la situation bien en main...

— Ne bouge pas, Sailor. Ne cligne même pas d'un œil, fit-il d'une voix calme et froide qui allait de pair avec l'aura qu'il dégageait.

Santini avait examiné les dossiers de la police avec leurs portraits robots, il connaissait donc vaguement les traits de Mack Bolan, mais aucun dessin ne l'avait préparé à affronter la réalité. Il n'y avait pas que l'aspect physique qui était impressionnant. Ce type était plus qu'un visage, composé d'un nez de de deux yeux, d'un menton...

Il était l'être le plus incroyable que Jack Santini ait vu. Il se dit que Bolan lui rappelait la majesté des pics glacés.

La vue de Bolan provoqua sans doute le premier instant de véritable calme que Santini ait jamais connu.

— Je ne bougerai pas, Mr Bolan, dit Santini en lui montrant ses mains vides qu'il écarta de son corps.

— Fais venir Al. Je veux le voir.

Santini appela le jeune homme et lui dit doucement :

— Ne joue pas au héros, petit... Sois calme et on verra ce que veut le monsieur...

Le gosse s'arrêta net, s'éclaboussa de café brûlant, mais ne broncha pas, fixant Bolan avec fascination.

— Ce que je veux, expliqua Bolan, c'est parler à ton patron. Va chercher sa voiture, gare-la devant la porte. Vous resterez là et vous nous regarderez partir. Ne faites pas les idiots et vous le récupérerez à temps pour le petit déjeuner. Commettez une erreur et plus personne ne se mettra jamais à table.

— C'est grâce à lui que je gagne ma vie, Mr Bolan. Il faut que vous me donniez une garantie si vous voulez que je reste là sans rien faire.

Le grand type montra brièvement les dents en une espèce de sourire.

— Si j'avais voulu le tuer, Sailor, tu n'aurais jamais su que j'étais dans la maison. C'est une trêve. Tu connais ma réputation ?

Evidemment ! Tout le monde la connaissait.

— D'accord. Mais c'est le gosse qui amène la voiture. La rue est pleine de flics.

Bolan montra de nouveau les dents.

— Ils vont vers l'est. Nous irons dans l'autre sens.

Il fixa froidement le gosse.

— Va chercher la voiture.

Le jeune homme jeta un coup d'œil sur Santini puis sortit en vitesse.

Incroyable. Mack Bolan était vraiment quelque chose à voir. Peut-être l'humanité avait-elle du bon, après tout.

Ils commencèrent à descendre l'escalier. Le canon du pistolet noir était maintenant collé contre l'oreille de Rizzi. Celui-ci bavait de peur et avait totalement perdu son air d'homme éternellement décontracté. Lorsqu'ils arrivèrent en bas Rizzi se tenait à peine debout, et Bolan le soutenait d'une main.

Des yeux terrorisés fixèrent les yeux calmes de Santini.

— Pour l'amour de Dieu, Jack, bredouilla pitoyablement Rizzi.

— N'aie pas peur, Tommy. Il ne te fera pas de mal.

Sailor Jack s'approcha lentement de la porte d'entrée puis sortit. Les montagnes étaient devenues aveuglantes de beauté dans la lumière matinale.

Santini et le gosse se tinrent devant la voiture, les mains appuyées sur le capot, tandis que Bolan et son prisonnier montaient dedans.

Une seconde plus tard la voiture était partie et le jeune homme s'émerveilla :

— As-tu déjà vu un type pareil ?

Mais Sailor Jack contemplait le ciel et le sommet des montagnes. Il sortit son revolver, fit tourner le cylindre sans le regarder puis le rangea.

— Non, je n'ai jamais vu de type comme ça, répondit-il.

Jack Santini songeait au jour où il pourrait prendre sa retraite, s'installer dans une petite cabane près du ciel.

— Tu crois qu'il le laissera repartir ?

— Comment ? demanda-t-il d'une voix distraite.

— Tu crois qu'il relâchera Mr Rizzi ?

— Qu'est-ce que ça peut te foutre ? gronda Sailor Jack.

Puis il rentra dans la maison pour ne plus réfléchir du tout.

CHAPITRE VII

Rizzi avait à peu près quarante ans. De taille moyenne, il était très mince, presque fluet. Il avait les cheveux très bruns et très courts, et une petite moustache noire. Il avait la peau mate et il aurait pu se faire passer pour un Arabe. Il avait très peur et se pressait contre la portière, le corps raide, s'efforçait de se contrôler. Jamais il ne regarda Bolan dans les yeux.

La voiture était une belle Pontiac sport avec des sièges baquet et une console centrale. Bolan avait pris le volant et ils traversaient un quartier résidentiel de Littleton.

Ils roulaient depuis dix minutes sans avoir échangé une seule parole. Lorsqu'il estima que Rizzi était sur le point de craquer, Bolan arrêta la voiture dans le parking d'un centre commercial désert, alluma une cigarette et dit à son prisonnier :

— Tu es dans de sales draps, Rizzi.

— Je sais, marmonna l'autre. Je peux en avoir une ?

Bolan lui tendit la cigarette allumée et en prit une autre.

— C'est ton territoire ici, non ?

— Plus ou moins, fit Rizzi en soufflant de la fumée par petits à-coups nerveux.

— C'est ton territoire, oui ou non ?

— Oui.

— C'est donc toi que je dois remercier pour la petite fête qu'on m'a faite hier soir dans les collines.

— Je... je ne comprends pas.

— Mais si. C'était un bal costumé. Ils sont tous venus en soldats.

— Ecoutez, protesta Rizzi, je ne suis pas au courant de ça.

Il protestait un peu trop.

Bolan prit une médaille de tueur d'élite, la fit tomber sur la console. Rizzi fit une grimace d'inquiétude, détourna les yeux.

— C'est dommage, dit Bolan. Il n'y a que ça qui m'intéresse.

La voix de glace de Bolan fit sursauter Rizzi.

— Attendez ! O.K. ! Je sais peut-être quelque chose. C'est comme ça que je peux m'en tirer ? C'est ce que vous voulez dire ?

— C'est ce que je veux dire.

— Alors, qu'est-ce que vous voulez savoir ?

— Qui est Trooper ?

Le regard paniqué de Rizzi fit rapidement le tour de l'intérieur de la voiture et vint se poser sur la médaille. Sa voix était à la fois désespérée et résignée.

— Je ne suis pas de taille. Je ne suis pas ce que vous semblez croire. Je ne suis qu'un homme de paille. J'ai un bureau, point. Je suis... un représentant. Ils me disent de faire ceci, je le fais. Ils me disent de faire cela, je le fais aussi. Je n'ai aucun pouvoir personnel.

— Je ne te demande pas si tu as du pouvoir, Rizzi. Je veux savoir qui est Trooper.

— Mais c'est ce que j'essaie de vous faire comprendre. Je ne sais même pas de qui vous parlez.

— C'est très dommage, dit froidement Bolan. O.K., Rizzi, prends la médaille et descends.

L'homme pâlit affreusement. Il se mit à bredouiller.

— Mais qu'est-ce que vous ?...

— Descends !

— Attendez ! Attendez une minute ! J'essaie de coopérer ! Mais il faut me poser des questions raisonnables ! Je ne connais pas de Trooper !

La voix de Bolan devint positivement arctique.

— Tu étais au courant pour la réception d'hier soir.

— Oui. On m'a dit de me terrer et de ne pas m'en occuper. Il était hors de question que j'y sois mêlé. Ecoutez, nous avons de gros projets dans cette région. Il pourrait y avoir une fantastique exploitation minière. On ne veut pas que je sois compromis. Je n'avais rien à voir avec ce qui s'est passé hier soir.

— Mais tu étais au courant.

— Je vous l'ai déjà dit.

— Qui t'a mis au courant, Rizzi ?

— Ce sont eux.

— Qui eux ?

— Les types de New York. Vous savez bien.

— Pas exactement, fit Bolan. Répète-moi ce qu'on t'a dit.

— Ils ont dit que c'était une zone interdite. Je devais me tenir à l'écart. Complètement en dehors de tout.

— C'était quand ?

— Hier. Je prenais un verre à mon club et j'ai reçu un coup de fil. Ils m'ont dit que la chose allait se passer. Que je devais rentrer et m'enfermer à double tour. J'ai fait ce qu'ils m'ont dit. Je suis rentré, il était dix-neuf heures. Je suis resté chez moi toute la nuit.

— Tu m'intéresses, dit Bolan. Continue.

— Eh bien ! c'est tout. J'ai reçu un second coup de fil vers vingt et une heures. Ils m'ont dit que le coup avait raté. Que je continue à me terrer mais que je me fasse protéger. Alors, nous avons engagé des hommes de main et nous avons passé la nuit à attendre.

— Mais personne n'est venu.

— Non, sauf vous, ce matin. Je vous jure devant Dieu, Bolan, que je ne sais rien de plus.

Bolan fixa longuement l'homme effrayé puis lui dit :

— O.K., je te crois. Qu'est-ce que c'est que cette exploitation minière ?

Les yeux de Rizzi se voilèrent légèrement.

— Oh ! dites, ça n'a rien à voir avec vous. C'est juste une promotion.

— Quelle sorte de mines ?

— De la roche schisteuse, dégorgeant de pétrole. Enfin, c'est ce qu'on croit.

— Tu vas te lancer dans le pétrole, Rizzi ?

— Certainement pas. Cette terre appartient au gouvernement. C'est juste une spéculation immobilière. Si jamais le gouvernement décide d'exploiter ces champs il y aura un boom immobilier incroyable.

— Est-ce que tu reçois des renseignements

de Washington sur les projets de prospection pétrolière ?

— Mais non, pas du tout. C'est seulement du bon sens. Tôt ou tard ils vont s'intéresser à ces champs. C'est logique. Ce n'est pas une affaire louche, Bolan.

— D'accord. Mais tu n'as jamais entendu parler de Trooper ?

— Je vous jure que non.

— Et de Jingo Morelli ?

Rizzi détourna les yeux une fois de plus, fixa brièvement la médaille.

— Oui, je connais Jingo. Cleveland.

— Alors, que fait-il à Denver ?

— Il... euh !... il passe au club une ou deux fois par semaine. On prend un verre, on parle du passé. On n'a rien en commun, ce type et moi. C'est un fantoche. Un homme de main.

— Que fait-il à Denver ?

— Il s'amuse, il passe du bon temps.

— Il faisait partie de la fête, hier soir. Dis-moi la stricte vérité.

— Eh bien ! je...

— Tout d'un coup j'ai l'impression que tu ne joues pas franc jeu, Rizzi.

— Mais qu'est-ce que vous voulez que je fasse ? Que je me suicide ?

— A toi d'en décider, dit froidement Bolan. Tu peux t'en sortir maintenant et payer plus tard. C'est ce que je te conseille de faire. Mais il faut te décider tout de suite.

Rizzi avait de nouveau abominablement pâli. Il avait apparemment décidé de payer plus tard et le poids de sa décision lui pesait. Ses mains commencèrent à trembler et sa voix se brisa. Il demanda une autre cigarette.

— Tu as déjà eu ta dernière, lui dit Bolan.

— O.K., mais ne dites jamais que j'ai parlé. Ces gens en veulent à votre peau, Bolan. Ils ont l'intention de vous dégommer.

— Quels gens ?

— Je ne sais ps exactement qui ils sont, mais c'est une affaire énorme. Ça je le sais. Du supersecret. Jingo m'a dit qu'ils étaient plus de mille types dans le coin, planqués, prêts à vous supprimer.

— Comment savaient-ils que je viendrais ?

— Je n'en sais rien. Enfin, si, peut-être. Jingo m'a parlé une fois de comment on avait tendu le piège. Il m'a parlé d'un tuyau. Dites, ils vous attendaient. Jingo est en ville depuis plus d'un mois.

— Quel rôle joue-t-il ?

— Qui sait ? A l'écouter on croirait que c'est lui qui dirige toutes les opérations. Mais ce sont des foutaises, il n'a jamais rien dirigé de sa vie. Jingo est un sbire, rien de plus.

— Mais il est bavard.

— Oui. Trop.

— Qu'est-ce qu'il a dit sur les mille types.

— Qu'ils valaient le coup d'œil. Dites, maintenant que j'y pense, une fois il les a appelés des « équipes d'attaque ». Je me souviens que j'ai eu l'impression qu'il parlait de militaires. De troupes.

Rizzi pâlit un peu plus encore.

— Non, mais dites, Bolan, qu'est-ce que vous m'avez demandé ? Le nom ? Je ne comprenais pas, mais ?... Trooper ? Vous parliez d'un type ou quoi ?

Sa confusion paraissait réelle. Bolan avait l'impression que Rizzi lui racontait la vérité, mais il était stupéfait par ce qu'il apprenait.

— C'est un nom de code, Rizzi, dit-il froidement. Essaie de trouver un sens à tout ça.

— Eh bien !... c'est peut-être ça. Oui, il faut que ce soit ça. Trooper doit être le type qui commande. Qui commande les troupes. C'est ça ?

— A toi de me le dire.

— Mais je n'en sais rien, moi. J'imagine.

De toute évidence Rizzi essayait de faire plaisir à Bolan et voulait à tout prix qu'on le croie. C'était une situation classique et Bolan le savait. Une fois qu'un type commence à parler, il n'arrête pas jusqu'à ce qu'il ait tout dit. Bolan était maintenant persuadé que Rizzi coopérait.

— Conclus, dit Bolan. Il a peut-être dit un nom en se vantant. Jingo se vante beaucoup. N'importe quoi... un nom, un rang...

— Je me souviens ! s'écria victorieusement Rizzi. Un capitaine !

— Un quoi ?

— Jingo m'a dit que le capitaine ne le faisait jamais chier. Il a dit que le capitaine était très à cheval sur le règlement, mais qu'il ne faisait jamais chier Jingo !

— Le capitaine *qui* ?

Son enthousiasme disparut. Pour la première fois Rizzi regarda Bolan dans les yeux et lui dit d'une voix morne :

— C'est tout ce que je sais, Bolan. Je vous le jure. Je ne sais rien de plus.

Bolan le crut. Il lui dit :

— Prends la médaille et rends-la-moi, Rizzi.

L'autre s'exécuta avec humilité, le visage défait par la fatigue nerveuse.

Bolan empocha la médaille.

— Souviens-toi de cette médaille, Rizzi. Si jamais je décide de venir te voir de nouveau, il n'y a que ceux qui te découvriront qui la verront.

— Je vous suis reconnaissant, marmonna

Rizzi. Ne vous en faites pas. Vous n'aurez pas à venir me voir de nouveau.

— Bonne chance, lui dit Bolan avec un semblant de sourire.

Il ouvrit la portière et quitta la voiture.

— Fiche le camp et ne te retourne pas.

L'autre ne prononça pas un mot tandis qu'il enjambait la console pour se faufiler derrière le volant. Il fit tourner le moteur puis baissa la vitre et sortit la tête pour dire d'une voix presque amicale :

— Suivez mon conseil, Bolan. Quittez cet Etat. Quittez-le aussi vite que possible.

Bolan lui fit un clin d'œil et regarda la voiture s'éloigner.

Il commençait à y voir un peu plus clair.

Mais il était impossible pour Mack Bolan de quitter le Colorado pour le moment.

CHAPITRE VIII

Les rues étaient pleines de flics. Les inscriptions sur les voitures de patrouille annonçaient l'étendue du filet. Des voitures de la police d'Etat, de plusieurs comtés, et de plusieurs villes du Colorado se promenaient les unes derrière les autres. Celles-là, au moins étaient faciles à repérer. Sans aucun doute, on s'était donné le mot, et tout le sud-ouest de Denver était patrouillé.

Bolan avait également le sentiment que les flics n'étaient pas les seuls à rôder dans les parages.

Il s'était terré dans une « planque » près d'Englewood au sud de Denver. C'était un petit studio dans un immeuble de luxe — l'un des cinq qu'il avait pris la précaution de louer un peu partout dans la ville dès son arrivée. Chacune des planques était approvisionnée avec suffisamment de vivres pour pouvoir y rester une semaine entière. C'était une mesure de sécurité essentielle pour un homme qui ne savait de quoi la minute suivante serait faite — mais Bolan comptait rarement sur ses planques.

Cette fois, il était heureux d'y avoir pensé au préalable. La situation était inquiétante mais fascinante aussi — et il tenait à mieux la comprendre avant de se lancer dans l'action.

Il se fit des œufs brouillés, prit une douche et changea de vêtements, puis emmena son gobelet de café dans la cabine téléphonique au rez-de-chaussée. Il devait appeler Leo Turrin.

Il alluma une cigarette et composa le numéro. Il but une gorgée de café et compta le nombre de fois que le téléphone sonna de l'autre côté des Etats-Unis. On répondit au bon moment et la voix brusque de son plus fidèle ami dit brusquement :

— Oui, oui, qui c'est ?

— L'Ange déchu. Je suis tombé bien bas et j'ai l'impression que ça va continuer. On peut parler ?

— Oui, ça va, répondit Turrin d'une voix rassurée. Où en es-tu ?

— A vrai dire, je n'en sais rien, mais ce n'est pas prometteur, je...

— Ecoute, il faut absolument partir de là, interrompit Turrin.

C'était toujours Turrin qui se faisait le plus

de mauvais sang à propos de Bolan. Il le montrait ouvertement, cette fois.

— Toute la région est une gigantesque embuscade. C'est moi qui t'ai envoyé dans ce guépier — putain ! ce que ça m'énerve ! — ils se sont servis de moi comme ils se servent de tout le monde. Ils ont fait courir une rumeur en sachant parfaitement qu'elle te reviendrait tôt ou tard aux oreilles. J'aurais dû m'en douter et...

— Hé ! Arrête un peu, fit doucement Bolan. Qu'est-ce que tu as appris ?

— Il n'y a pas de meilleur, il n'y a que du pire. C'est le plus beau merdier que j'aie jamais vu. Ça fait des mois qu'ils fignolent cette mise en place. Je n'aurais jamais cru que cela soit possible mais ils... Dis, faut foutre le camp ! Il n'y a pas un seul moyen pour toi de venir à bout de cette machination.

— Quelle est-elle, Leo ?

— J'ai parlé aux pontes — ils m'ont téléphoné. Juste après que je t'ai parlé. Ils m'ont fait répéter sur tous les tons ce que je savais sur toi, ce que tu manges, ce que tu aimes, comment tu te coiffes les cheveux. Et le type qui me posait les questions n'est pas un con, je peux te le dire. Il...

— C'était qui ?

— Je ne sais pas, on ne nous a pas présentés. Il parle avec un accent sudiste, se sert du jargon des militaires, jure tout le temps et il a un cerveau comme J. Edgar Hoover.

— Ça c'était à New York ?

— Oui, les vieux de la *Commissione*. Augie m'a parlé le premier et m'a dit de répondre aux questions de ce type. Puis deux autres types m'ont interrogé avant de me passer ce colonel du Sud. Il...

— Tu es sérieux ?

— Oui. Je n'ai aucune idée de qui il est, mais après « l'interrogatoire » Augie a repris l'appareil. On a parlé quelques minutes. Le vieux se frotte les mains à l'idée de voir ta tête. Il ne se sent plus péter, tellement il est content. Ecoute, il m'a laissé entendre qu'ils ont monté un canular depuis des mois pour t'entraîner au Colorado. Je ne sais pas exactement quelle est la combine, mais Augie n'en peut plus. Voilà l'impression qu'il m'a donnée. C'est une entente tripartite entre les flics, les militaires et le milieu. C'est le milieu qui sert d'appât, les militaires qui fournissent la force de frappe, et les flics qui cernent la ville. Je ne sais pas comment ça a pu se passer ainsi sans que j'apprenne quelque chose. Je t'ai vraiment joué un sale tour. Je m'en veux à mort et...

— Ne t'en fais pas, Leo. Réfléchis maintenant. Tu me dis que l'appel venait de New York. Tu as d'abord parlé à Augie, ensuite il t'a passé les autres. Es-tu sûr que les autres se trouvaient aussi à New York ? Ou n'est-il pas possible que ce soit une communication en « duplex » ?

Il y eut un silence puis Turrin répondit doucement :

— Je pensais qu'ils étaient tous ensemble, mais c'était peut-être bien une conférence à plusieurs postes. C'était sur une ligne de sécurité, il y avait un appareil de brouillage qui était branché. Mais... je n'en sais vraiment rien. C'est important ?

— Peut-être. Dis-moi, est-ce que tu as eu affaire aux types des services de renseignements pendant que tu faisais ton service militaire ?

— Oh ! oui, quelquefois.

— Les types auxquels tu as parlé...

— Exactement pareils. Un véritable interrogatoire. Ce sont des militaires à coup sûr, sergent.

Bolan poussa un soupir.

— Merci, Leo. Ça correspond à tout ce que j'ai pu apprendre ici. As-tu des nouvelles de Hal ?

— Il veut te parler personnellement. Il n'a pas voulu me dire un mot. Il a bien reçu ton paquet, mais il n'a pas voulu m'en dire plus long. Il prétend que moins j'en sais, mieux ça vaut.

— Il a raison, répondit Bolan. Fais très attention, Leo. J'ai bien peur que les règles ne soient plus les mêmes. Cette alliance pourrait te nuire sérieusement. Sois bien prudent, n'aie confiance en personne.

— Oui, c'est exactement mon sentiment, dit amèrement Turrin. Lorsque j'ai parlé à Hal, il m'a dit qu'il n'était pas du tout au courant de cette combine. Même lui n'en savait rien. Tu as raison, les règles sont changées.

— Fais gaffe.

— Oui. Quant à toi, déguerpis.

— Je ne peux pas. Il faut que j'attende que ça se passe.

— Tu ne peux pas faire ça non plus. Tu n'en as pas les moyens. Ils ne t'ont pas attiré là pour une seule rencontre, sergent. Ils ont tout leur temps. Ils vont attendre que tu commettes une erreur.

Bolan soupira.

— Oui. J'attends de voir quelle sera la tournure que prendront les événements. J'en saurai davantage dès que j'aurai parlé à Hal.

— Sergent ?

— Oui.

— Ecoute, tu ne peux pas te mesurer à eux. Ils sont trop forts.

— Qu'est-ce que tu suggères ? Que je me rende ? Ce serait la mort à coup sûr. Dès qu'on m'aura enfermé...

— Je pensais que tu pourrais peut-être conclure un marché grâce à Hal. Te rendre en douce en prenant un maximum de précautions... et puis...

— Et puis quoi ? demanda doucement Bolan.

— Tu as raison, fit tristement Turrin. Ça ne marcherait pas. Mais les journalistes en feraient tout un plat. Penses-y. Le milieu te coincera, bien sûr, tous les projos de l'actualité seront braqués sur toi.

— Merci bien, ricana Bolan. Tu feras mes excuses à la presse mais je n'ai pas encore l'intention d'abandonner.

Turrin voulut s'esclaffer mais n'y parvint pas. Il essayait de cacher son angoisse sous un ton badin.

— Dis, tu ne penses quand même pas encore à tes derniers instants ?

— J'y pense depuis le début, Leo, lui répondit Bolan avec calme. Rien n'est changé sauf mes chances de survie.

— Oui, bien sûr, mais...

— Tu es gentil de te soucier de moi. Mais

pense d'abord à toi. Il faut que je parle à Hal.

— Hé ! Tu veux... que je dise quelque chose à Johnny ?

Le petit frère. Que lui dire ?

— Il est heureux dans son nouveau foyer ? demanda Bolan.

— Apparemment. On lui a donné un cheval. Enfin... un poulain. Il semble être heureux.

— Ne lui dis rien, Leo.

— O.K., d'accord. Euh !... j'espère que...

— Tu es un bon ami, Leo. Sois prudent.

Bolan raccrocha et regarda sombrement le téléphone un moment. Puis il décrocha de nouveau et mit une pièce de monnaie dans l'appareil.

Le moment était venu de dire adieu à un autre ami.

CHAPITRE IX

Immobile, Brognola se tenait près de la grande baie vitrée dans la salle de conférences. D'un œil il regardait la pendule, de l'autre il observait la pile de renseignements de l'ordinateur laquelle ne cessait de grandir.

Lorsque le téléphone sonna sur la ligne directe, l'ensemble du personnel dans la salle se tut. Le chef des opérations jeta un coup d'œil sur Brognola, prit l'appareil et dit :

— Justice deux.

Il jeta un second regard sur Brognola, inclina légèrement la tête.

— Une seconde, gronda Brognola.

Il se précipita dans son bureau, prit l'appel.

— Ici Frappant, lui dit la voix de Mack Bolan.

— Comment ça va ?

— Pour l'instant, ça va. Je viens de parler à notre ami. Il m'a parlé d'une combine à trois. Qu'est-ce que tu en dis ?

— Que nous avons été trahis, gronda Brognola. Ou alors, c'est la plus belle escroquerie
de tous les temps. Officiellement il ne se passe
rien du tout.

— Ce qui veut dire ?

— Je suis sur une ligne simple. Je ne peux
pas dire tout ce que j'ai sur le cœur. Pas dans
cette ville. Mais je peux te dire que les hommes sur lesquels tu m'as demandé des renseignements sont morts depuis longtemps. Au
Viêt-nam. J'ajouterai que le véhicule n'existe
plus. Il a été détruit à Fort Logan, il y a huit
mois.

— Tiens, tiens.

— Oui. Ecoute, je suis sur la bonne voie,
j'ai appris pas mal de choses. Mais il va me
falloir encore cinq à six heures pour en rece-
voir la confirmation. L'ordinateur continue à
vomir des feuillets sans arrêt. Est-ce que tu
peux patienter ?

— Je suis en sûreté mais pas pour longtemps. Six heures — même cinq — sont
exclues. Tout commence à se dérouler à vitesse grand V. La seule chose qui m'importe,
Hal, c'est de savoir s'il s'agit d'un ennemi ou
non. Dis-moi.

— C'est encore trop tôt, répondit le second
en chef du *Justice Department*. Si ce sont des
amis, ils ont de curieuses façons de le mon-

trer. En ce qui concerne le parc dont tu m'as parlé, c'est vrai, il appartient au gouvernement. Il y a quelques mois le Pentagone a fait une demande de transfert au profit de l'U.S. Army. Personne ne s'est servi de ce territoire depuis des années. A l'origine, on y avait fait des recherches sur les effets secondaires des glaciers, des sources d'eau, etc. En tout cas les militaires l'ont réclamé. La demande a commencé à faire le tour de l'ensemble administratif. Finalement, la demande a été refusée, mais on n'a jamais pu déterminer quel bureau en a fait la demande.

— Et c'était quel bureau ?

— La *Civil Contingency Reaction Force* qui faisait partie des *Domestic Programs*. Ce bureau n'a pas existé plus de douze heures, et seulement sur papier. Je m'en souviens très bien. La *National Security Council* l'a supprimé. Il s'agissait d'un organisme antiterroriste et contre-révolutionnaire. C'était dément. Toujours est-il que le transfert ne s'est jamais fait. La réserve fait toujours partie du *Department of the Interior,* mais se trouve sur la liste des territoires en attente.

— Mais quelqu'un s'en sert, Hal !

— Je sais. Je marche sur des œufs en ce moment. Il faut que j'en sache davantage avant de passer aux actes. Mais si nous apprenons qu'au Pentagone quelqu'un a commandé une opération illégale, quelques têtes vont tomber.

— En attendant, soupira Bolan, j'ai de sérieux ennuis.

— Je reçois constamment des rapports en provenance de Denver. Tu peux croire ce que je vais te dire. Quelqu'un y a organisé un filet régional. Même certains de mes agents ont été recrutés, il y a des mecs du F.B.I., des flics, des gardes champêtres et même des agents du Trésor. On appelle ça la force de frappe régionale, et c'est toi qu'on recherche. Je ne sais pas comment tu vas t'en sortir, mais je sais comment tu ne pourras pas t'en sortir. Le train, les avions et la route sont exclus.

— A ton avis, qui est le responsable ?

— Je n'en sais rien, sinon je te l'aurais dit tout de suite. D'après mes renseignements ça a commencé très discrètement et personne ne semble savoir comment toutes ces agences ont été persuadées de coopérer. On essaie de le savoir en ce moment.

— Je cherche un certain capitaine, dit Bolan.

— Un capitaine de l'U.S. Army ?

— Vraisemblablement.

— C'est un capitaine qui a eu l'idée de monter la *Civil Contingency Reaction Force*, dit

Brognola. S'il avait réussi, il serait devenu commandant. Ne quitte pas.

Il brancha l'interphone, demanda le dossier sur le C.C.R.F.

— Je crois pouvoir te dire son nom, dit-il en reprenant l'appareil.

— Ça aidera sûrement.

Le chef des opérations arriva rapidement dans le bureau de Brognola, lui tendit une épaisse enveloppe.

— Harrelson, annonça Brognola à Bolan. Franklin P. Harrelson, capitaine d'infanterie. Des tonnes de médailles.

— Je le connais, dit calmement Bolan.

— Alors, tu commences à y voir clair ?

— Je ne sais pas, Hal. Peut-être. Est-ce que cet homme vient du sud des Etats-Unis ?

— Le dossier dit qu'il est né dans l'Arkansas.

— C'est bien lui, il faudrait en parler à notre ami.

— Ah bon ?

— Oui. Et renseigne-toi sur cette *Civil Contingency Reaction Force* qui a été dissoute. Je crois bien savoir qui est mon ennemi maintenant.

— Attends une seconde. Tu prétends que...

— Je prétends que cet organisme existe

toujours. Harrelson n'a pas réussi à fourguer sa petite armée au *National Security Council*, alors il a cherché d'autres clients. Fais des recherches au Pentagone. Cherche un lien entre Harrelson, les morts et le matériel détruit. Il me semble qu'il faudrait se renseigner sur ses activités dans le Sud-Est asiatique. Qu'est devenu tout le matériel qu'on y a envoyé ? Il faudrait voir aussi quels sont les hommes qui ont servi sous les ordres de Harrelson, savoir ce qu'ils sont devenus, ce qu'ils font maintenant. Aussi...

— Mais qu'est-ce que tu insinues ?

— Tu le sais très bien, rétorqua calmement Bolan. Je cherche une unité d'attaque, Hal, et je te conseille de chercher la même chose. Ça ne relève pas du Pentagone, c'est spécifiquement un problème pour toi. Ces types se sont alliés à la Mafia. C'est un gros problème.

— J'arrive, dit Brognola.

— A toi d'en décider, dit Bolan, mais tu en apprendras peut-être davantage en restant où tu es. Je vais sortir du trou, Hal, et je vais faire des dégâts.

— Mais attends une seconde ! Tu vas un peu vite là. Je crois que tu devrais...

— Je sais, je sais... Mon instinct ne m'a jamais trompé, Hal. Je t'ai appelé surtout pour te faire mes adieux, mais je vois que ce n'est pas encore le moment de les faire. Bonne chance.

— Attends ! j'ai un autre renseignement qui va peut-être t'intéresser. Lorsqu'on faisait des recherches sur la réserve on a appris qu'une femme qui habite la région a déposé une plainte il y a quelques semaines. Elle prétendait que son frère, un jour qu'il se promenait dans la montagne, avait été malmené par des soldats, elle disait bien des « soldats ». Ils l'avaient fait coucher, face contre terre, puis l'avaient interrogé, arme braquée sur la tempe avant de le relâcher. L'officier des relations publiques du Pentagone, qui l'a entendue, a classé le rapport parce qu'il savait qu'il n'y avait pas de soldats dans cette région. Tu veux aller voir cette dame ?

— Je ne crois pas, dit Bolan. J'en sais déjà assez.

— Je lui ai parlé, il y a une heure, ajouta Brognola. A présent, elle nie tout. Elle prétend que c'est un malentendu. Elle était terrorisée.

— D'accord, j'irai la voir, promit Bolan. On verra.

— C'est un petit hôtel dans la montagne. La femme, Mrs Sanderson, et son frère en assurent la direction. Lorsque j'ai voulu parler à son frère, elle m'a dit qu'il était sorti. J'ai

insisté et elle s'est effondrée. J'allais en parler
à mon bureau régional à Denver, mais si tu
t'en occupes je vais attendre quelques jours.

— Bien, fit Bolan d'une voix absente.

Apparemment, il réfléchissait à autre
chose. Sa voix était distante, détachée.

— Ne viens pas, Hal, dit-il brusquement.
Dis à tes hommes de ne pas s'approcher non
plus.

— Je comprends, fit doucement Brognola.

— Bonne chasse, dit Bolan avant de rac-
crocher.

Brognola cligna des yeux, raccrocha à son
tour.

Le chef des opérations remit les feuilles du
dossier C.C.R.F. dans l'enveloppe, demanda :

— On y va ?

— On y va, marmonna Brognola. Allez-y à
fond. Ne vous laissez pas détourner par quiconque. Si on refuse de coopérer, vous me
prévenez.

L'homme sourit, regagna son poste.

Brognola s'assit sur le coin de son bureau,
arracha l'embout de son cigare d'un coup de
dents, puis dit :

— Et merde, et merde, et merde ! C'est
reparti.

CHAPITRE X

Il régnait dans le quartier une atmosphère de tension que Bolan remarqua aussitôt.

La police rôdait dans le coin et ne faisait aucun effort pour dissimuler sa présence. Mais il y avait également une présence invisible, et c'était surtout celle-là qui inquiétait Bolan.

Cette situation lui en rappela une autre — identique — qu'il avait eu l'occasion d'observer dans les jungles du Viêt-nam, et qu'on avait baptisée *Saturation Baker*. C'était une sorte d'embuscade pratiquée sur les villages encore pleins de Viêt-cong. On employait deux groupes de combattants. Le premier se montrait et effectuait un balayage systématique en passant d'une case à l'autre, le second se dissimulait et bloquait tous les chemins d'accès. Tôt ou tard, l'ennemi sortait de son trou et prenait soin d'éviter le premier groupe, mais il tombait aussitôt entre les griffes du second.

Bolan connaissait bien *Saturation Baker*. Il connaissait aussi celui qui en avait fait sa spécialité.

Le capitaine Franklin P. Harrelson.

Dirigeant ses hommes avec intelligence, il avait élevé *Saturation Baker* à un art, passant comme une faux avant l'arrivée de l'ensemble des troupes de pacification. L'efficacité, quand elle devient la règle, attire rapidement l'attention — surtout des soldats professionnels qui se battent côte à côte. Comme leur principal délassement consiste à parler de leurs faits de guerre, ils avaient souvent loué les mérites du célèbre capitaine Harrelson. Il était une sorte de légende — tout comme le sergent Mack Bolan. Ils s'étaient souvent rencontrés et avaient même fait équipe — Bolan à l'avant avec deux compagnons pour montrer le chemin, et Harrelson et ses troupes qui arrivaient pour faire le grand vide.

Bolan connaissait bien Harrelson, et ne doutait plus que le capitaine avait tourné son regard de tueur sur l'Exécuteur. Il ne pouvait pas le prouver, mais il le savait d'instinct. Il s'était passé quelque chose de trouble au Viêt-nam concernant Harrelson, qui — pour une raison inconnue — avait été subitement muté à l'arrière, loin du front où il s'était distingué. Il y avait eu de nombreuses rumeurs mais aucun fait n'avait été révélé. D'aucuns l'avaient vu de temps à autre sur les champs de bataille où il n'était pas censé se trouver, et cela avait augmenté le mystère qui l'entourait et avait fait dire que le capitaine Harrelson s'occupait de « quelque chose d'important »...

En tout cas, ce « quelque chose d'important » était toujours aussi mystérieux lorsque Bolan avait quitté le Viêt-nam, et il n'avait ni revu ni entendu parler de Harrelson avant sa récente conversation avec Harold Brognola.

Leo Turrin lui avait dit qu'il avait été interrogé par un officier sudiste. Ce n'était sûrement pas une coïncidence...

Bolan savait maintenant à qui il avait affaire, et à quel maître il devait se mesurer.

Harrelson à la faux. Un gros mouvement de troupes, une feinte psychologique, puis le fauchage. Bolan en avait déjà eu un avant-goût sur la route déserte qui menait sur les plateaux du Colorado, et il avait bien l'impression que la même chose se préparait dans le quartier de Cherry Hills.

Il n'y avait qu'un moyen de parer à ce coup. Bolan regagna le studio, changea de vêtements. Il enfila une chemise blanche, un costume gris et noua une cravate aux tons neutres autour de son cou. Il garda le Beretta et ajouta à son mini-arsenal un .38 à canon court qu'il attacha à sa ceinture. Puis il se coiffa d'un feutre et descendit se joindre aux chasseurs.

Il jaillit de l'immeuble lorsqu'il vit arriver une voiture de patrouille.

Elle s'immobilisa près du trottoir dès que le conducteur vit Bolan courir à sa rencontre.

— Je suis Joe Carson, *Colorado State Police*, dit-il au flic étonné. Je crois que j'ai trouvé notre homme. Il nous faut des renforts.

Le type saisit le microphone et commença à envoyer le message. Bolan ouvrit la portière et s'installa sur la banquette à ses côtés. C'était un tout jeune flic — un bleu — et Bolan regrettait de lui jouer ce sale tour, mais il n'avait pas le choix.

— Deuxième étage sur la rue, dit-il. Il y a une porte de service à l'arrière et on peut accéder au toit.

Le jeune flic acquiesça, relaya également ces renseignements. Comme l'avait prévu Bolan, l'émission fut reçue par un réseau spécial et non par le central normal de la police — et il ne doutait pas que d'autres étaient également branchés sur la fréquence utilisée.

Les troupes invisibles !

Il tenait à les rendre visibles et réussit.

La camionnette d'une entreprise de nettoyage à sec apparut au bout de la rue, se
rangea au bord du trottoir. Derrière eux, la
camionnette de livraison d'une boulangerie
apparut aussi et bloqua l'autre extrémité de la
rue.

Le jeune flic s'adressa à Bolan :

— Ils relaient les renseignements.

Cela expliquait les ordres codés qui fusaient
à l'antenne.

— Vous l'avez réellement vu ?

— Oui, je crois, fit Bolan.

La police ne serait pas seule à entendre les
ordres. Les êtres invisibles en prendraient
note et les troupes de Harrelson se mettraient
immédiatement en place pour bloquer toutes
les voies d'évasion.

— Déposez-moi près des mecs qui font le
guet au coin de la rue, dit Bolan.

— Qui ça ? demanda le jeune homme.

— La camionnette de la teinturerie, vous
la voyez ?

— C'est eux ? Ah bon !

Le jeune homme enclencha une vitesse,
quitta lentement sa place.

— Vous vous appelez Carson ?

Bolan acquiesça.

— Ne quittez pas votre voiture, précisa-
t-il. Laissez-moi au coin de la rue, puis faites

le tour et reprenez votre poste. Et surtout ne faites rien avant l'arrivée des renforts.

— Vous me prenez pour un idiot ou quoi ? demanda le jeune homme en roulant les yeux de façon comique.

Bolan descendit de la voiture de patrouille, se pencha près de la vitre, lui dit :

— Merci et faites attention.

— Entendu, monsieur, répondit le jeune homme avant de redémarrer.

Le chauffeur de la camionnette l'avait vu descendre de la voiture de patrouille, l'examina brièvement puis fit mine de l'ignorer.

Bolan traversa la rue en évitant les quelques voitures qui y circulaient, passa derrière la camionnette, ouvrit la portière coulissante sur le côté et monta à l'intérieur. Quelques robes et plusieurs pantalons enveloppés dans des sacs en plastique étaient accrochés à un rail. Près de la portière il y avait un transistor et un fusil. Le type, qui se tenait derrière le volant, s'était retourné et fixait Bolan d'un air mauvais.

— C'est l'hallali, soldat. Pas besoin de faire cette tête-là.

Le type se mit à sourire.

— Je vous avais pris pour un flic, avoua-t-il.

— Passez derrière, lui dit Bolan. On va comparer nos signaux.

— Pas le temps. Les flics sont en route. Vous savez bien qu'il est malin comme un singe, notre type. Il ne va pas rester là à les attendre. Il cherche sûrement déjà une façon de les éviter.

— Mais *nous* sommes là.

— Oui. Toutes nos unités sont en place sur la ligne.

Cet homme n'était qu'un éclaireur. Il devait observer, puis relayer les renseignements sur les mouvements qu'il voyait. Le gros des troupes s'occuperait du contact au moment voulu.

— L'hélicoptère est en place ? demanda tranquillement Bolan.

— Oui. Je viens de l'entendre faire un rapport. Il était au-dessus de Red Rocks et se dirigeait par ici.

Ils ne passeraient pas une nouvelle fois à l'attaque sans l'hélicoptère.

La police envahit la rue, bloqua les extrémités, déploya ses tireurs d'élite, investit les immeubles voisins de celui où se terrait l'Exécuteur. Tout se déroulait comme l'avait prévu Bolan.

Il s'adressa à l'éclaireur de Harrelson :

— Ouvrez l'œil.

Puis il quitta la camionnette et commença à remonter le trottoir. Au bout de la rue, il tourna à l'est et continua de marcher — cent mètres plus loin, il aperçut une voiture dans laquelle se trouvaient deux éclaireurs de seconde ligne.

Ils étaient assis dans une nouvelle Ford. Visiblement, ce n'étaient pas des policiers ni des mafiosi mais des militaires. Bolan ne se perdit pas en paroles, il voulait leur voiture parce qu'elle était équipée d'un émetteur-récepteur et lui fournirait d'autres renseignements. Il s'approcha de la vitre baissée et leva le Beretta leur envoyant à chacun une balle entre les yeux. Ni l'un ni l'autre n'eut le temps de réagir.

Les grosses balles Parabellum leur arrachèrent le sommet du crâne — c'était sale mais efficace. Bolan tira les cadavres hors de la Ford, se glissa derrière le volant, mit le moteur en route et fit demi-tour pour se diriger vers l'est.

L'alerte fut aussitôt donnée. La radio se mit à brailler avec frénésie.

— Scout cinq a quitté son poste ! Scout cinq, répondez !

Quelques instants plus tard, la voix reprit :

— C'est lui ! Il roule à l'est à bord de scout cinq ! Toutes unités... Non, négatif ! Je répète, rectification ! Possibilité de diversion ! Premières unités, rester en place ! Secondes uni-

tés, convergez sur scout cinq ! Plan de communications numéro deux !

La radio se tut aussitôt et Bolan n'avait pas
le temps pour chercher la nouvelle fréquence.
Deux voitures fonçaient déjà sur lui — la
première lui arrivait à toute vitesse dans le
dos, la seconde effectuait un dérapage con-
trôlé au milieu du croisement devant lui. Le
plus petit délai se transformerait en catastro-
phe. Il écrasa l'accélérateur, braqua le volant,
commença à contourner le barrage inefficace
à l'instant même où les quatre occupants de
la voiture immobilisée commençaient à en
descendre. Les roues du côté droit sur le
trottoir, il heurta deux d'entre eux de plein
fouet, le premier partit s'écraser contre un
mur en brique, le second effectua un vol
plané d'une quinzaine de mètres.

Heureusement pour Bolan les deux, qui
restaient, n'étaient pas en état de lui tirer
dessus.

Il commençait déjà à virer au croisement
lorsque la voiture qui lui filait le train voulut
faire la même manœuvre — en vain. Plus
légère, cette voiture ne put résister au choc du
trottoir contre ses roues. Le chauffeur perdit
le contrôle, la voiture tangua dangereusement
un instant, puis roula sur le côté et commença
à glisser vers la voiture immobile laissant une

traînée d'étincelles et d'essence derrière elle.

Bolan entendit l'impact, fut aveuglé une fraction de seconde par l'éclair de l'explosion reflété dans le rétroviseur. Il n'aurait pas pu faire mieux lui-même s'il en avait eu l'intention — ce qui n'était pas le cas. C'était un coup de chance extraordinaire.

Le chaos qui s'ensuivit fut suffisamment important pour qu'il pût s'échapper du plan *Saturation Baker*.

Il dirigea la voiture vers le haut plateau. Il ne battait pas en retraite, il cherchait un angle d'attaque.

La dame terrorisée qui s'occupait d'une petite station de sports d'hiver en plein cœur du territoire ennemi le lui fournirait peut-être.

Il le saurait bientôt.

CHAPITRE XI

Il ne prit que les petites routes secondaires et fit de grands détours pour éviter les routes fréquentées — roulant parfois dix kilomètres pour en gagner deux ou trois dans la bonne direction. Mais il réussit à éviter tous les barrages qu'on avait installés à son intention et avait pu observer toutes les activités qui se déroulaient dans le ciel. A un moment, il aperçut trois hélicoptères et, loin au-dessus, un petit avion solitaire.

Il se dissimula dans un bosquet épais et consacra un certain temps à étudier tout ce que contenait la Ford qu'il avait volée. C'était une voiture de commandement équipée d'un puissant émetteur-récepteur U.H.F. et V.H.F. ultraperfectionné. Il découvrit de nombreuses cartes topographiques, des codes de communication, la liste des signaux de reconnaissance et d'autres renseignements tout aussi utiles. Il y avait aussi un mini-dossier sur l'Exécuteur — des croquis de son visage et un résumé complet de sa vie militaire et de ses faits de guerre contre la Mafia — y compris son aventure canadienne. Il y avait aussi une description de son *modus operandi*.

Le dossier était un exemple supplémentaire de l'efficacité de ses ennemis. Ils savaient s'y prendre. Son travail consisterait à se servir de leurs renseignements et à les retourner contre eux.

La radio de la Ford lui était d'un grand secours. L'ennemi savait bien sûr qu'il disposait de la voiture de commandement et qu'il avait donc accès à cet émetteur ainsi qu'aux codes qui se trouvaient à bord, mais il ne pourrait pas changer de fréquence à son insu. Son seul espoir était de traquer Bolan, de le forcer, et c'est précisément ce qu'il s'efforça de faire.

Bolan découvrit leur fréquence pour les forces aériennes sur U.H.F. et la fréquence de leur armée de terre sur V.H.F. Il attendit jusqu'à ce qu'il vît les hélicoptères et l'avion s'éloigner vers le sud-est avant de repartir dans la direction opposée. Il accorda de nouveau un grand intérêt aux barrages qui avaient été installés et réussit à les éviter. La matinée était terminée et les signaux radiophoniques étaient lointains lorsqu'il s'engagea sur la route 72 et prit la direction du camping de Peaceful Valley.

Le camping était presque vide quand Bolan s'approcha de la caravane. Il n'y avait que deux autres caravanes — plus petites que la sienne — et une camionnette dont les propriétaires semblaient se préparer à quitter la région. Il recouvrait la Ford de commandement avec une toile lorsque deux hommes à cheveux longs s'approchèrent de lui à bord de la camionnette.

Le véhicule ralentit et le jeune homme qui conduisait baissa la vitre et lui sourit.

— Paix, dit-il.

— Espérons-le, répondit Bolan en souriant à son tour.

— Vous avez dû arriver tard dans la nuit. C'est une belle caravane.

— Merci, fit Bolan. Oui, je l'aime bien.

— Vous n'avez pas entendu le flash ?

— Quel flash ?

— De la météo. On annonce une tempête. Il paraît que cinquante centimètres de neige sont tombés dans l'Utah hier soir. Le mauvais temps arrive.

Bolan jeta un coup d'œil en l'air.

— C'est la saison, en effet.

— On ne sait jamais dans ce coin, commenta le jeune homme chevelu. J'ai remar-

qué votre plaque d'immatriculation. Au cas
où vous ne le sauriez pas, ça peut mal tourner par ici en cas de tempête. Parfois, on est
isolé des jours entiers.

— Merci, dit Bolan. Je m'apprêtais à repartir.

— Votre caravane dégage de l'électricité
statique, vous savez. Tout à l'heure, je suis
passé pour cette histoire de mauvais temps.
J'ai reçu une belle décharge dans les doigts.

— Désolé, fit Bolan. Je verrai ça.

Le jeune homme lui sourit puis démarra
lentement.

Bolan était parfaitement au courant de
l'électricité statique qui faisait partie de son
système de sécurité. La décharge n'était pas
suffisamment puissante pour faire du mal à
un enfant, mais décourageait néanmoins les
curieux qui auraient voulu examiner la caravane de trop près. Il débrancha le système
électrique, rangea dans la caravane les arti-
cles utiles qu'il avait découverts dans la voiture, attacha solidement la housse puis accrocha la Ford derrière la caravane. Les deux
autres caravanes étaient parties lorsqu'il avait
fini son travail. Maintenant, il était seul dans
le camping et put s'attaquer au travail de
camouflage. Il monta sur la Ford une plaque
d'immatriculation de l'Etat de la Louisiane

identique à celle de la caravane, puis il retira les enjoliveurs et les fit disparaître dans les fourrés.

Ensuite, il s'occupa des panneaux amovibles de la caravane, les échangeant contre d'autres d'une couleur différente qu'il décora de décalcomanies. Il donna ainsi l'illusion d'un chasseur qui avait parcouru toutes les forêts et toutes les montagnes des Etats-Unis.

Ce travail lui prit une vingtaine de minutes. Il lui était impossible de complètement banaliser la caravane, mais il en avait déjà suffisamment modifié l'apparence extérieure pour que ses ennemis n'aient pas le temps de la repérer dans cette région où des caravanes de toutes sortes abondaient.

Bolan était satisfait.

Il monta dans la caravane, se prépara un repas de fortune et brancha son propre récepteur sur les fréquences utilisées par l'ennemi. Ensuite, il emmena le repas à l'arrière et le dévora en même temps qu'il enregistrait sur les bandes de son ordinateur les nouveaux renseignements. Ensuite il décrocha son radio-téléphone et prit connaissance de deux messages, grâce aux abonnés absents de Kansas City. Les deux messages étaient codés ; le premier était un appel de Leo Turrin, le second, dont le correspondant ne s'était pas identifié, venait de Las Vegas.

Il rappela d'abord Turrin en passant par le numéro habituel pour que Turrin puisse le rappeler sur une ligne sûre. Lorsqu'il l'entendit au bout du fil, Turrin était dans tous ses états.

— Ecoute, je n'ai pas arrêté depuis ce matin. Où es-tu ?

— En sûreté pour le moment, dit Bolan. Qu'as-tu appris, Leo ?

— Je n'en reviens pas de ce que j'ai appris, sergent. J'essaie encore de me remettre les idées en place. Je n'ai aucun fait à te relater. Aucun. Hal ne veut pas me parler et les vieux de New York se sont terrés. Il n'y a plus à hésiter. Ils ne cherchent qu'une seule chose, te descendre. Et ne te soucie pas de l'armée, c'est seulement la Mafia. Ils se sont déguisés en militaires. Mais ils disposent de...

— Je sais, Leo, lui dit Bolan. Ne t'inquiète pas, je suis au courant. Mais j'aimerais que tu me dises...

— Attends, sergent ! Ecoute-moi d'abord. C'est une affaire énorme, bien plus importante qu'elle ne paraît à première vue. D'après ce que j'ai entendu ce matin, ils doivent te descendre mais ce n'est qu'une sorte de test.

— Ce qui veut dire ?

— Ce qui veut dire que tu n'es pas le seul qui soit visé. Ceux qui sont proches des vieux commencent à se détendre. Ils se marrent en douce. Ils commettent des indiscrétions. Ils se vantent. Ils prétendent que si on peut t'avoir toi, on pourra également avoir l'autre.

— Quel autre ?

— Impossible d'en savoir plus long, sergent. Je ne sais pas de qui ils parlent, mais c'est gros, crois-moi. Dis, quand as-tu parlé à Hal ?

— Ce matin, juste après toi.

— Alors, tu n'es pas au courant du nouveau. Hal ne veut pas m'en parler personnellement mais j'ai des contacts à Washington. Hal est sur un coup qui pourrait faire sauter la capitale.

— C'est quoi ?

— Quelque chose qui dépasse tous les scandales depuis dix ans. Ce ne sont que des rumeurs pour l'instant, mais il paraît qu'il aurait découvert un type du Pentagone — un général haut placé — qui appartiendrait à la Mafia.

Bolan alluma une cigarette, tira une bouffée interminable.

— Sergent ? fit Turrin.

— Oui, je suis là, Leo. Qu'est-ce que tu en tires comme conclusion, Leo ?

— Oh, putain ! Je n'en sais rien. Je ressens quelque chose de pourri au fin fond de mes tripes, mais je n'arrive pas encore à savoir exactement ce que c'est. Il paraît, d'après les types qui sont à Denver, qu'on t'a coincé, que tu es encerclé et aux abois. C'est vrai ?

Bolan ricana.

— Pas tout à fait, Leo. Mais ça me fait plaisir qu'ils le croient.

Le petit homme de Pittsfield se mit à rire nerveusement.

— Tant mieux, j'aime mieux ça. Euh !... c'est tout ce que j'avais à te dire pour le moment. Est-ce qu'on pourrait se reparler dans deux heures ?

Bolan déclencha le minuteur sur la console.

— O.K., dans deux heures très exactement. Merci, Leo.

— Dis, il va falloir que tu les arrêtes, tu sais. On ne peut pas compter sur Hal et ses bureaucrates. Si le scandale éclate des têtes vont tomber, et Hal pourrait faire partie du lot.

— Sûr, répondit sombrement Bolan.

— Alors, c'est à toi de jouer. Du début jusqu'à la fin.

— Il y a quelques heures tu me disais de

faire exactement le contraire. De me barrer vite fait.

— C'était il y a quelques heures. Je te parle de maintenant. Il faut les supprimer, sergent. Si tu n'y arrives pas, Dieu sait quand on pourra recommencer.

— Tu en es si sûr ?

— Oui. Si tu veux, j'arrive tout de suite. Je peux me trouver dans l'avion en moins d'une demi-heure. J'arriverais avant le coucher du soleil heure locale.

Bolan y réfléchit brièvement puis dit :

— Merci, Leo, mais je préfère que tu restes où tu es. Continue à fouiller.

— D'accord. A tout à l'heure.

— C'est ça.

Bolan raccrocha. Il fuma la cigarette jusqu'au bout puis composa le numéro à Las Vegas.

Une voix féminine répondit aussitôt :

— *Able Group.*

— Donne-moi un autre numéro, fit Bolan sans préambule.

Elle lui donna un numéro, puis dit :

— Attends une minute avant d'appeler.

Il raccrocha, attendit une minute puis composa le second numéro en espérant qu'il correspondait à une cabine publique.

Il ne se trompait pas.

— Oh, Mack ! s'écria Toni Blancanales. Que ça me fait plaisir de t'entendre ! Je suis dans une cabine sur Fremont Street, tu peux parler.

Toni était la sœur cadette de Rosario Blancanales. Blancanales et Gadgets Schwarz, les seuls survivants de l'Equipe de la Mort, composaient *Able Group*, une société qui s'occupait de sécurité et de détection électronique.

Bolan esquissa un sourire.

— J'aime bien t'entendre aussi, Toni. Mais je ne suis pas tellement en sûreté, alors il faudra être brève.

— Allons-y, dit-elle. Connais-tu un type qui s'appelle Harrelson ?

Bolan arrêta aussitôt de sourire.

— Peut-être. Pourquoi ?

— Il paraît qu'il te cherche partout. C'est une question de vie ou de mort.

— Comment as-tu su ça, Toni ?

— Le téléphone arabe des anciens combattants. Il a contacté tout le monde en demandant qu'on fasse circuler le bruit.

— O.K. J'écoute.

— Il se trouve à Winter Park dans le Colorado. Il est dans un petit hôtel qui s'appelle Snow Trails.

— C'est tout ?

— Oui, c'est tout. Gadgets prétend que je

n'aurais pas dû te le dire, mais je ne pouvais pas faire autrement.

— Tu as bien fait, Toni. Que se passe-t-il à Las Vegas en ce moment ?

Il imagina Toni en train de froisser son petit nez.

— Toujours la même chose. On examine un casino. Le client prétend qu'il y a des micros partout et que chaque client est un agent du F.B.I.

Bolan s'esclaffa.

— Fais mes amitiés aux gars.

— Et moi, alors ?

— Si je le pouvais je te ferais bien plus.

— C'est vrai ?

— Je ne t'ai jamais menti sur ce point-là.

— C'est presque une promesse, dit-elle en riant.

Elle reprit aussitôt son sérieux.

— Tu... euh !... tu ne te trouves pas au Colorado, par hasard ?

— J'ai bien peur que si.

— Ah ! Bon ! sois prudent, tu veux ?

— Comme toujours.

— Ce n'est pas très réconfortant, ça. Dis, faut-il vraiment que nous continuions à nous parler seulement au téléphone ? Est-ce qu'on ne pourrait pas se voir une nuit par hasard ?...

Bolan se mit à rire doucement.

— Pour le moment, je ne vois pas telle-ment comment je pourrais. Mais un soir...

— Tu parles ! railla-t-elle. D'ici là je serai toute ridée !

Elle raccrocha. Bolan fixa l'appareil. Elle avait sans doute raison.

En attendant cette fameuse nuit, il lui fau-drait survivre à la journée.

CHAPITRE XII

Il franchit le Rollins Pass et continua en direction de Winter Park par les petites routes secondaires. Bientôt une neige épaisse se mit à tomber. Les trente-cinq kilomètres à vol d'oiseau lui avaient pris quatre heures en caravane. Une neige légère tombait sur la pente est, mais en lourds tourbillons sur l'autre versant, et ce depuis un certain temps. Un garde forestier le fit stopper un peu après le col et lui conseilla de faire demi-tour et de regagner East Portal.

— La route est toujours ouverte ? demanda Bolan.

— Pour l'instant, oui, monsieur, répondit le garde. Mais je ne peux pas vous garantir que vous pourrez aller jusqu'au bout. Surtout avec un véhicule en remorque.

Le temps était épouvantable, des dizaines de centimètres de neige étaient déjà tombés, et la visibilité était nulle. Le garde forestier précisa :

— C'est une tempête qui se prépare. Ça va empirer.

Bolan n'était qu'à dix kilomètres du but.

— Je suis sûr que j'y arriverai.

Le garde secoua la tête, l'air sceptique mais aida Bolan à mettre des chaînes sur les pneus de la caravane. Enfin, il lui dit :

— Si jamais vous restez coincé, ne quittez pas votre véhicule.

Bolan le remercia, reprit le volant et partit en branchant le système infrarouge. Cela l'aidait un peu à se repérer, mais pas assez. Il commença à se demander s'il n'avait pas commis une erreur.

Il se trouvait dans un monde à part, dans un univers de glace où les distances n'existaient plus. Tout était blancheur trouble et ouatée.

Il ricana en prenant conscience de son indécision.

Quoi de neuf ?

La blancheur, la solitude silencieuse lui étaient inhabituelles mais le monde était toujours le même malgré la différence de couleur. La neige n'était pas son ennemi et elle pouvait, à la rigueur, lui servir d'alliée.

Alors... qui était l'ennemi ?

Bolan avait appris à faire confiance aux instincts de Leo Turrin. Quelle était donc cette

grande chose, ce coup phénomal que préparaient les vieux de la *Commissione* ? Qui était
« l'autre » ? Ce type qu'on espérait supprimer
après s'être débarrassé de Bolan.

Pourquoi Harrelson avait-il envoyé un
message par le téléphone arabe ? Que voulait
dire ce message ? Etait-ce un défi, une ruse,
ou une tentative de prévenir un vieil ami du
danger qu'il courait ?

Bolan et Harrelson avaient été amis.

Il n'était pas nécessaire d'approuver totalement un homme pour le trouver sympa-
thique. Harrelson était un soldat calme et
lucide, audacieux et méthodique — un type
sur lequel on pouvait compter en cas de coup
dur et que Bolan appréciait.

Maintenant, il tendait la main à Bolan.
Pourquoi ?

Bolan n'avait pas eu de mal à accepter
l'hypothèse que Harrelson était son ennemi principal et l'homme à abattre. Il avait
immédiatement réagi au message de Toni
en se disant que Harrelson ne pouvait pas
savoir que Bolan avait établi un rapport
entre lui et l'embuscade sur la route de
montagne ; c'était donc un stratagème pour
l'attirer dans un guet-apens. Mais le téléphone arabe n'était pas d'une immense efficacité. Harrelson avait sûrement fait courir le

bruit concernant Bolan bien avant la fusillade.

Pourtant, il n'y avait aucune preuve que Harrelson faisait réellement partie du complot.

Cette incertitude poussait Bolan à braver la tempête de neige pour se rendre à Snow Trails. Toni Blancanales n'était pas la première personne à lui parler de Snow Trails. Brognola lui en avait parlé d'abord, c'est là qu'habitait cette femme terrorisée par Dieu sait qui. Une Mrs Sanderson.

La route pour la station était clairement indiquée, Bolan la trouva facilement malgré la visibilité déplorable. Mais il eut beaucoup plus de mal à définir ses limites exactes. Au centre, le bâtiment principal était une structure en forme de A avec son toit pointu. Il y avait de petites cabanes parsemées un peu au hasard, et l'ensemble se trouvait sur un petit plateau qui surplombait les pistes. Comme la visibilité ne s'améliorait pas, Bolan ne pouvait être certain ni des distances ni de la perspective.

Il abandonna la caravane et parcourut les derniers cinq cents mètres à pied dans la tourmente. Il était vêtu de la combinaison de parachutiste, d'un gros anorak avec capuchon, de grandes bottes, et il portait des lunettes antibrouillard. Il se sentait bien, ne

souffrait pas du froid, mais il aurait donné
cher pour une paire de raquettes. Il devait
avancer en pataugeant dans trente centimètres de poudreuse. Le vent était presque
tombé mais le nuage de neige semblait s'être
immobilisé tout autour de lui.

Il fit le tour de la station à tâtons comme
une sentinelle aveugle, mais conclut enfin que
la seule partie habitée était le bâtiment central. Il y avait de la lumière et l'odeur récon-
fortante d'un feu de cheminée. A un moment,
il crut apercevoir une ombre devant une fenêtre au deuxième et, lorsqu'il s'approcha, il
entendit de la musique.

Autour du bâtiment, la neige était vierge, il
n'y avait aucune trace de pas. Vraisemblablement, il n'y avait rien de bizarre ; il s'agissait
tout bonnement d'une station déserte au
cœur de la première tempête de la saison.

Un bâtiment en forme de A était pourvu
d'un toit qui descendait en pente raide jusqu'à terre et sur les flancs duquel il n'y avait
pas de fenêtre. Ce type de construction était
courant dans les régions enneigées où le poids
de la neige peut faire crouler une maison classique. Le bâtiment principal était composé de
deux structures en forme de A, disposées en
T, perpendiculaires l'une à l'autre. Bolan en
avait déjà connues de similaires et put facile-

ment imaginer l'intérieur de la grande maison. Une immense salle de séjour sous le toit, un escalier puis une loggia qui donnait accès aux chambres à l'arrière où se trouvaient aussi la cuisine, la salle à manger et encore quelques chambres dans les combles.

Il n'y avait qu'une seule porte d'entrée au rez-de-chaussée. Elle serait difficile à forcer si le besoin s'en faisait ressentir, et il le faudrait sûrement. Bolan ne s'attendait pas à être accueilli à bras ouverts dans le repaire du loup.

Il fit plusieurs fois le tour du bâtiment, sûr de n'avoir pas été aperçu par les occupants de la place, étudiant les diverses possibilités d'action et échafaudant un plan pour investir la bâtisse. Mais finalement il n'y avait qu'un seul moyen.

Bolan s'approcha de la porte et frappa.

Il aperçut de l'autre côté de la baie vitrée une cheminée dans laquelle brûlait un joyeux feu de bois. Une très belle jeune femme blonde était assise devant le feu, les genoux recouverts d'une épaisse couverture en laine naturelle. Elle contemplait l'âtre d'un regard fixe. Vêtue d'un gros pull de ski, elle paraissait totalement absorbée par ses pensées et ne fit aucun geste lorsque Bolan frappa.

En revanche, un type d'environ vingt-cinq ans au visage dur et renfermé s'approcha et fixa Bolan d'un air mauvais et soupçonneux.

— Qu'est-ce que vous voulez ? cria-t-il.

— J'ai des ennuis, lança Bolan. Est-ce que vous avez le téléphone ?

— Non. Vous êtes sur une propriété privée. Fichez le camp !

Bolan ôta ses lunettes antibrouillard, les deux hommes se regardèrent en chiens de faïence.

— Vous êtes fou, non ? s'écria Bolan. Il y a une tempête à crever dehors. Vous allez ouvrir cette porte ou est-ce que je dois la défoncer ?

Le type ouvrit la porte de quelques centimètres, juste assez pour introduire un colt .45 dans l'entrebâillement.

— Vous allez défoncer ça aussi ? ironisa-t-il.

De toutes ses forces, pieds joints en avant, Bolan bondit sur la porte, roula sur lui-même avant de toucher le sol. Le colt tonna en tombant de la main du type qui reçut la porte contre la tempe.

Bolan saisit l'arme à ses pieds et entra pour achever son adversaire, mais celui-ci n'était plus en état de résister. Il avait perdu connaissance et son front commençait à gonfler près du sourcil gauche.

La jeune femme blonde s'était levée et avait

parcouru la moitié de la distance qui séparait la cheminée de la porte. Elle vit le pistolet que Bolan tenait devant lui, s'immobilisa en criant :

— Il y en a un autre en haut !

Le second type s'était précipité sur la loggia. Vêtu seulement de sous-vêtements longs, il brandissait un long revolver. Il réagit en vrai professionnel en se jetant de côté et tirant simultanément sur Bolan. La balle arracha quelques centimètres carrés du plancher juste devant les pieds de celui-ci.

Le .45 rugit aussitôt avec de meilleurs résultats. Bolan tira trois fois sur la petite balustrade de la loggia derrière laquelle son adversaire s'était abrité. Les trois balles trouvèrent leur cible. L'homme poussa un cri déchirant. Les yeux exorbités, la jeune femme se détourna de cette vision horrible, portant une main à sa bouche.

Elle était du type nordique — longue et fine — et parlait avec un léger accent scandinave.

— Vous êtes policier ? demanda-t-elle d'une voix haletante.

— Je crains que non, répondit Bolan.

Même tremblant de peur, elle était d'une incroyable beauté.

— Il faut fuir ! Vite ! Cherchez la police ! Ils attendent le président !

Bolan crut avoir mal entendu.

— Répétez, fit-il.

— Ils sont partout ! Des centaines. Je vous en prie, partez vite chercher de l'aide et appeler la police !

Elle s'essoufflait de plus en plus et ne paraissait pas pouvoir reprendre haleine.

— Le président... ce week-end. Il va faire du ski ! Je vous en prie, je vous en prie !

Bolan referma la porte, posa le .45 sur la table près de l'entrée, défit son anorak et vérifia ses propres armes.

O.K. Maintenant, il comprenait.

L'incroyable effort en hommes et en matériel était logique.

« L'autre » dont lui avait parlé Leo Turrin était le président des Etats-Unis.

CHAPITRE XIII

La notion du temps qui passe est toute relative. Tenir sa main au-dessus d'une flamme pendant dix secondes semble très long. Avoir une femme qu'on aime dans les bras, pendant dix minutes paraît très court. L'espace d'un battement de cœur, le mourant voit parfois défiler sa vie entière.

Quand le temps se détraque, cela devient dur pour un homme.

Bolan avait l'impression de vivre soixante secondes chaque fois qu'il s'en passait dix. Il savait que c'était ridicule, mais il n'y pouvait rien. Pour lui, le monde vivait au ralenti.

Un complot donc, pour supprimer le président des Etats-Unis qui devait passer un week-end à la montagne. Bolan revit tous les visages qu'il avait croisés depuis vingt-quatre heures, il entendit de nouveau toutes les phrases qui avaient été prononcées. C'était comme si toutes les pièces d'un immense puzzle tombaient en place d'un seul coup. Sans trop y croire — sans *vouloir* y croire — une image complète s'était formée. Mais fallait-il encore l'interpréter correctement et il savait qu'il lui manquait encore des éléments.

La jeune femme le suppliait toujours d'agir, d'alerter la police. L'esprit de Bolan traversait les steppes glacées de l'incertitude et un désespoir sans nom s'emparait de son cœur.

Le téléphone était fracassé, impossible de le réparer. Le seul moyen de communiquer avec le monde extérieur se trouvait à bord de la caravane à cinq cents mètres de là — au cœur de la tempête — avec Dieu sait combien de types en armes tout autour, prêts à tirer sur n'importe quelle ombre. La jeune femme insistait beaucoup sur le fait que « les autres » se trouvaient dehors, tout près, suffisamment près pour avoir entendu l'échange de coups de feu. Le sang du mort tombait goutte à goutte de la loggia et formait une sinistre flaque sur le sol de la salle de séjour. Un blessé gisait aux pieds de Bolan, le crâne brisé et une superbe Walkyrie vacillait au bord de l'hystérie.

Bolan avait l'impression de vivre hors du temps.

Il retira son anorak et défit son harnachement. Il enleva les grappes de grenades, les bandoulières à munitions, les ceinturons sur lesquels étaient fixés ses armes, les pochettes pleines de gadgets meurtriers. Il aligna l'ensemble puis renfila l'anorak et se barda de nouveau de l'arsenal portatif.

La jeune femme se calma subitement en voyant cet assortiment d'engins de guerre. D'un regard rasséréné, elle l'observa se préparer à répandre la mort. Bolan lui dit :

— Mettez quelque chose de chaud, Mrs Sanderson. Nous allons partir.

— Ils tiennent mon frère, répondit-elle avec calme. Ils le tueront si je pars.

— Ils vous tueront tous les deux si vous ne partez pas, lui promit Bolan. Où le tiennent-ils ?

— Dans la cabane du mécanisme du remonte-pente. Je crois. Près de la descente des débutants.

— O.K., nous allons le chercher. Habillez-vous.

Ses yeux s'illuminèrent subitement d'une lueur optimiste et elle fit volte-face et se précipita vers un placard d'où elle tira une combinaison de ski.

— Vous savez mon nom ? fit-elle en tirant sur les jambes de la combinaison.

Ce n'était pas le moment de faire la conversation. Bolan continua à enfiler des grenades comme des perles, gronda brièvement :

— Oui.

— Je connais aussi le vôtre. Vous êtes Mack Bolan, n'est-ce pas ?

Sans répondre à sa question il lui demanda :

— A quelle distance se trouve le remonte-pente ?

— A trois cents mètres d'ici.

Bolan se demanda vaguement quelles circonstances avaient mené cette jeune femme à diriger seule une station de sports d'hiver, et pourquoi le sort l'avait placée là, à ce moment précis. Il se demanda comment ils allaient parcourir les trois cents mètres qui les séparaient de son frère emprisonné et comment ils parviendraient à faire les cinq cents mètres jusqu'à la caravane qui offrait une sécurité très relative. Il se demanda comment finirait cette aventure.

Brusquement, il lança :

— Où est votre mari ?

— Je suis veuve, répondit-elle d'une voix distraite.

Elle se débattait vaillamment avec la fermeture Eclair.

Bolan mit l'Auto-Mag dans un holster sur sa hanche droite, dégaina rapidement, vérifia le mécanisme et mit une balle dans la culasse.

— Comment savez-vous mon nom ? demanda-t-il.

Sans lever les yeux de la fermeture Eclair coincée, elle répondit :

— J'entends votre nom sans arrêt depuis ce matin très tôt. Ils vous attendaient. Ils étaient très excités, sur les nerfs. Puis, un peu avant midi, un hélicoptère est arrivé et on a dit que vous étiez coincé à Denver.

Elle jeta un coup d'œil sur l'homme qui était étalé sur le plancher.

— Mr Smith était très déçu par cette nouvelle. Il a boudé tout l'après-midi et il est devenu irrascible lorsque la neige a commencé à tomber.

Elle fixa Bolan.

— Il tenait absolument à être celui qui vous abattrait.

Le temps n'existait plus. Bolan avait l'impression de connaître cette jeune femme depuis très longtemps. Pourtant, il l'avait vue pour la première fois quatre-vingt-dix secondes auparavant. Mais les circonstances faisaient qu'il avait l'impression de l'avoir connue dès le début de cette aventure meurtrière.

Il jeta une médaille de tireur d'élite sur Mr Smith et dit à la jeune femme :

— Le temps presse. Allons-y.

— Je m'appelle Giselda, mais vous pouvez m'appeler Undy. Mon mari — Lars — m'appelait Undy.

— Undy ?

— C'est le diminutif de Undurridis. Vous ne la connaissez pas sans doute ?

Il ne dit rien et elle reprit :

— C'est une déesse de la mythologie scandinave. La déesse du ski. Ce n'est pas que je sois... Mais c'est plus facile à dire que Giselda.

— Espérons qu'elle veillera sur vous, fit Bolan d'une voix rauque. Comment s'appelle le dieu du ski ?

— Skade.

— Invoquez-le pour moi, je vais en avoir besoin. Vous avez des skis de fond ici ?

— Dans la cabane des équipements, oui. Près du remonte-pente.

Bolan n'était pas le dieu du ski, hélas ! Il avait suivi un cours de ski de l'armée en Allemagne et savait comment les chausser, et que la partie recourbée, la spatule, devait se mettre à l'avant. En fait, il avait souvent pris la première place dans les compétitions de ski de fond et avait même eu l'occasion, lors d'une permission, de faire un peu de ski alpin. Mais il y avait pas mal de temps de ça, et il n'avait pas eu l'occasion d'en refaire depuis.

Ils se dirigeaient vers la porte lorsque Bolan se raidit et tendit l'oreille. Au loin, il y avait un bruit qui ne lui était pas familier.

— Les *snowmobiles* ! s'écria Undy. Ils sont revenus !

C'est tout ce qu'il lui fallait.

Il fit demi-tour, saisit le bras de la jeune femme, l'entraîna à l'arrière du bâtiment.

— Combien ? grinça-t-il.

— Cinq ou six ! Peut-être davantage !

En admettant qu'il y ait deux hommes sur chaque engin, ils étaient trop nombreux pour que Bolan puisse les affronter, surtout encombré d'une femme.

Il la fit monter au premier puis sortir sur le balconnet. Ils se trouvaient à trois mètres au-dessus de la neige fraîchement tombée. En s'accrochant à la balustrade la chute ne serait pas supérieure à un mètre cinquante.

— D'accord ? demanda Bolan en voyant qu'elle avait compris ses intentions.

Elle acquiesça. Bolan lui fit enjamber la balustrade et ensemble ils se laissèrent tomber dans la neige molle.

Bolan n'avait plus l'intention de trouver des skis de fond — il voulait s'emparer d'un de ces engins motorisés.

Il n'avait qu'une idée en tête : battre en retraite. Il devait à tout prix regagner la caravane et envoyer un message à Washington pour qu'on prévienne le président.

La période d'expérimentations était arrivée à sa fin, le commando de Harrelson allait passer aux actes. Le président était un skieur passionné et Bolan se souvint qu'on avait annoncé quelques semaines auparavant qu'il avait l'intention d'ouvrir la saison au Colorado dès la première neige.

Mais pourquoi tuer le président ? Qu'avait-on à y gagner ?

Peu importent les raisons, se dit Bolan. L'essentiel est de les en empêcher.

Il obligea la jeune femme à se plaquer au sol, le nez enfoui dans la neige, et lui dit de ne pas bouger d'un centimètre. Puis il s'éloigna.

Il ne s'était pas passé cinq minutes depuis qu'il était entré dans la maison. La visibilité était d'à peu près cinq mètres, le vent commençait à souffler plus fort et les flocons se mirent à tomber de biais. Le vent lui apporta le bruit des moteurs.

Bolan ne pouvait compter que sur ses oreilles. Ils devaient être six, et s'approchaient de lui comme attirés par un aimant, venant de toutes parts en convergeant vers le centre qui était la maison. A une vintaines de mètres un coup de feu fut tiré. Puis tous les moteurs furent coupés. Un étrange silence se fit. Une voix s'éleva :

— Un et six restent en place. Deux et cinq se regroupent à l'arrière. Quatre avec moi. Je vais entrer.

— Fais attention, Charley, s'inquiéta un autre. Sammy a entendu cinq coups de feu. Il a pu se passer n'importe quoi.

Bolan s'approchait d'eux en faisant le moins de bruit possible dans la neige molle.

Une autre voix s'éleva railleuse :

— Vous croyez que Miss Iceberg a réussi à désarmer Tom ?

— Silence ! ordonna la première voix. Il n'y a pas de quoi rigoler.

Les quatre moteurs se remirent à vrombir, les engins avancèrent directement vers Bolan. Il resta sur place, leva l'Auto-Mag.

Un des scooters apparut subitement devant lui — plus près qu'il ne l'aurait cru. Mais comme il était vêtu de blanc, on ne pouvait pas le distinguer à plus d'un mètre dans le tourbillon de neige. Les deux coups partirent si rapidement, l'un derrière l'autre, que les deux cibles n'eurent sûrement pas le temps d'entendre la mort venir. Chacun fut pratiquement décapité par les grosses balles à tête creuse.

Le moteur du petit engin crachota, puis se

tut, tandis que les deux cadavres tombaient
de la selle. Bolan reprit leur place, tâtonna
pour trouver le démarreur. C'était exactement comme une moto.

En attendant, les autres engins s'étaient ar-
rêtés. Un type près de la maison s'écria :

— Qui a tiré ? Harvey ?

— Pas moi, répondit un autre de tout près.

— Mais qui a tiré ? Répondez à l'appel !

Des voix plus ou moins distantes crièrent
un numéro tandis que Bolan cherchait le démarreur. Enfin, il le trouva et le moteur rom-
pit bruyamment le silence. Il démarra aussitôt
et — comptant uniquement sur ses instincts
— reprit en sens inverse le chemin par lequel
il était arrivé. Il n'entendait plus les autres
mais il sentait leurs mouvements. Puis il vit
subitement surgir la maison. Sans ralentir il
en fit le tour, récupéra Mrs Sanderson et fila
vers les grands espaces blancs.

Elle s'accrocha à lui et hurla :

— Merveilleux !

Mais Bolan n'en était pas si sûr. Il ne savait
pas vraiment où il allait et se dirigeait peut-
être en droite ligne vers un précipice.

Tous les événements des derniers vingt-
quatre heures se mirent à lui peser subitement, à l'écraser de fatigue. Un sentiment de
vertige s'empara de lui.

Il arrêta le scooter et dit à la jeune femme :

— Prenez les commandes. Trouvons la cabane du remonte-pente.

—. Nous ne devons pas en être loin, dit-elle en se glissant à l'avant de la selle.

Le vertige ? Pas étonnant. En posant pied dans la neige Bolan se rendit compte qu'il se trouvait au bord d'une pente vertigineuse.

Son instinct ne l'avait pas trahi et ils avaient couvert les trois cents mètres drôlement vite.

— Restez là, ne bougez pas, dit Bolan. Je vais aller chercher votre frère.

Facile à dire. Dans le tourbillon c'est à peine s'il voyait ses propres mains. Divers bruits lui parvenaient du plateau où des hommes se regroupaient et s'apprêtaient à lui donner la chasse. Ça leur ferait encore un peu d'entraînement avant le gros coup contre le président.

La première neige était tombée et le premier week-end de ski commençait dans moins de vingt-quatre heures.

Mack Bolan en était à se demander s'il arriverait à survivre les prochaines vingt-quatre minutes.

CHAPITRE XIV

Les troupes de Harrelson savaient exactement ce qu'il fallait faire — ce qui n'était pas
le cas de Bolan. Il ne pouvait compter que sur
ses instincts et ses réactions. Les autres profi-
taient de leur nombre supérieur, de leur entraînement intensif et du fait qu'ils connais-
saient le terrain.

Il leur suffisait de trouver les traces de
Bolan, tout simplement. Ils le traqueraient, le
cerneraient, le supprimeraient. Un, deux, trois.

C'était aussi simple que ça. A moins
que ?...

L'esprit du guerrier reprit le dessus. Il examina le plateau en pensée car il ne pouvait
toujours pas le voir dans la tempête, et se
décida.

— Changement de direction, dit-il à la
jeune femme. Où se trouve le remonte-
pente ?

Elle regarda autour d'elle et sans hésiter lui
montra la direction.

Bolan n'avait pas envie de laisser des traces de pas dans la neige. Il lui dit :

— Montez sur le scooter et sautez aussi loin que possible.

Elle comprit son intention et s'exécuta en souplesse. Bolan ne put distinguer l'endroit où elle avait atterri. Il tourna le guidon de l'engin, le fit démarrer dans une autre direction puis coinça l'accélérateur à mi-vitesse. Ensuite, il sauta de l'appareil.

Le scooter commença à traverser le terrain plat et Bolan rejoignit la jeune femme, s'assit près d'elle dans la neige, prit l'Auto-Mag et le tint à deux mains entre ses genoux.

Presque aussitôt un second scooter apparut dans la tourmente puis s'immobilisa. Bolan ne put voir les deux hommes qui se tenaient dessus mais il les entendit.

— Merde ! Il a pris la pente ?

— Non. Il est descendu, il a jeté un coup d'œil puis il est reparti à l'est. Trois coups.

La jeune femme à côté de Bolan sursauta en entendant les trois coups de feu tirés rapidement. Le scooter repartit aussitôt, disparut dans les tourbillons blancs.

— Sur quoi tiraient-ils ? chuchota-t-elle.

— C'était un signal, lui dit Bolan. Trois coups veulent sûrement dire « à l'est ».

Elle approcha son beau visage du sien.

— Et maintenant ? demanda-t-elle.

— Il faut espérer qu'ils suivront notre scooter pendant quelques minutes. En attendant nous allons libérer votre frère puis nous trouver de bons skis de fond. Ensuite, nous partirons vers l'ouest. J'espère que vous connaissez bien la descente.

— La descente sera très dangereuse dans ces conditions, dit-elle.

— Pas autant que d'aller dans l'autre sens. Il l'aida à se mettre debout.

— Quelle sorte de remonte-pente avez-vous ?

— Juste un filin pour s'accrocher. Rien d'élaboré.

— Bien ! nous commencerons par là. Essayez de réfléchir où nous irons après. Hélas ! je crois que tout dépend de vous maintenant, Undy.

Elle ne lui répondit pas mais partit rapidement vers la cabane du remonte-pente.

Décidément, Bolan avait l'impression de la connaître depuis toujours.

Le frère, Sondre, étonna Bolan. Il était très jeune — dix-huit ou dix-neuf ans — et ressemblait à un de ces immenses Vikings de la mythologie scandinave. Il ne parlait pas en-

core couramment l'anglais et se montra très
soupçonneux envers Bolan. Il avait très froid
et très faim. Il était pieds et poings liés, al-
longé sur le ciment de la cabane sous une
petite couverture. Il se trouvait là depuis
l'aube.

La jeune femme lui expliqua rapidement la
situation en norvégien puis ils gagnèrent tous
la cabane où se trouvaient les équipements,
afin de choisir des skis et des vêtements
chauds pour Sondre.

Bolan trouva que les explications prenaient
trop de temps et il commença à leur dire de se
dépêcher lorsqu'une discussion entre la sœur
et le frère le fit taire.

— Un problème ? demanda-t-il.

— Sondre m'assure que nous ne pouvons
pas nous hasarder sur la pente en ce moment,
dit la jeune femme.

— Dites-lui que nous n'avons pas le choix.
C'est ça ou mourir.

Elle traduisit puis écouta parler le jeune
homme.

— Il dit que c'est aussi dangereux sur la
pente.

— La pente ne tire pas, dit Bolan.

Ils ressortirent et s'accrochant l'un à l'autre
formèrent une cordée. Puis il y eut une seconde discussion.

— Qu'est-ce qu'il y a maintenant ? demanda impatiemment Bolan.

La jeune femme choisit soigneusement ses mots.

— Mr Bolan, Sondre est un skieur olympique. Il m'assure que nous ne survivrons pas à la descente. Le vent augmente, c'est une tempête. Il prétend que les autres seront aussi handicapés que nous et seront obligés de renoncer à nous poursuivre. Sondre connaît un rocher qui surplombe la piste. Il dit que nous pouvons creuser un tunnel ou une grotte dans la neige où nous pouvons attendre avant de repartir.

C'était bien réfléchi et logique, mais Sondre ne connaissait pas leurs adversaires comme Bolan. Il savait aussi qu'ils ne réussiraient rien s'ils n'étaient pas tous d'accord.

— Dites à Sondre que nous devons avancer à tout prix, justement parce que les autres ne le pourront pas. Lorsqu'ils le pourront c'est alors que nous devrons nous cacher. C'est à lui de choisir — la pente ou leurs armes.

La mine butée, le jeune homme écouta la traduction. Puis il défit la corde qui était attachée à sa ceinture, la jeta par terre et parla à sa sœur avec véhémence.

— Qu'a-t-il dit ? gronda Bolan.

— Que vous étiez comme les autres, que pour vous la vie n'était qu'une suite de confrontations et de tueries. Il ne veut pas en faire partie.

— C'est un sentiment qui l'honore. Il désire mourir comme un homme paisible, je comprends. Mais dites-lui qu'il ne mourra probablement pas d'une façon paisible.

Elle fit la traduction et le jeune homme sembla hésiter quelques instants, mais subitement, il planta ses bâtons dans la neige, exécuta un retournement sauté et partit rapidement vers les plaines, disparaissant presque aussitôt.

La jeune femme l'appela puis se tourna vers Bolan, le regard triste.

— Il mourra ?

Bolan acquiesça et répondit d'une voix sombre :

— Ici, ce n'est pas les jeux olympiques, Undy.

— Vous ne pouvez pas le sauver ?

Bolan dégrafa lentement la corde, la laissa tomber dans la neige.

— Je peux essayer, Undy. Rentrez dans la cabane et barricadez la porte. Vous entendrez sûrement des coups de feu d'ici peu. Si je ne reviens pas tout de suite après, chaussez vos skis et partez vers l'ouest.

CHAPITRE XV

Le jeune homme ne s'était pas trompé sur le vent qui soufflait maintenant de plus en plus fort sur le plateau. La neige ne tombait plus à la verticale ni en biais mais carrément à l'horizontale et semblait s'épaissir à vue d'œil. Un blizzard commençait. La température baissait de plus en plus. Il faisait presque nuit, tellement la lumière s'était affaiblie. La trace des skis de Sondre était à peine visible et les creux s'emplissaient.

Les bruits du commando s'estompaient. Bolan pouvait toujours les deviner. Il était sûr qu'on avait découvert les mêmes traces que lui.

Ils étaient doués, ces types. Trop doués. Malgré la visibilité extrêmement réduite, ils conduisaient leurs recherches avec méthode et persévérance, en comptant uniquement sur leurs signaux sonores que Bolan commençait à comprendre.

En scrutant les traces de leurs allées et venues dans la neige, Bolan découvrit les traces de deux scooters qui avaient croisé la trace plus fine des skis de Sondre en sens opposé. Voilà. Les chasseurs décrivaient des courbes elliptiques de chaque côté des traces fines et tôt ou tard rattraperaient le fuyard.

Une seconde paire de scooters s'était jointe à la chasse quelque vingtaine de mètres plus loin. Maintenant, ils étaient quatre à décrire des courbes de part et d'autre des traces de Sondre.

Bolan savait qu'ils signalaient leurs virages ou arrêts en faisant vrombir leurs moteurs — c'était un exercice de précision dont le but était de cerner puis de tuer.

Où diable s'étaient-ils entraînés ? Pas au Colorado en tout cas ; ils n'en auraient pas eu le temps. Depuis combien de temps est-ce qu'ils se préparaient pour cette mission ?

D'une part, Bolan suivait leurs mouvements et, d'autre part, cherchait comment il pouvait leur nuire. Il connaissait un moyen simple : leur balancer grenade sur grenade. Mais Sondre, lui-même, posait un problème car il se trouverait sûrement parmi les victimes.

Bolan ne trouva qu'une solution : entrer au cœur de l'ellipse et rejoindre Sondre avant les

autres, le garder auprès de lui et passer ensuite à l'offensive.

Il accéléra le pas, voûté au-dessus des spa-
tules de ses skis, suivant les traces de Sondre
avec le nez presque dessus, seul dans la tourmente, abruti par le hurlement du vent latéral
et très conscient du bruit des moteurs de
chaque côté. Le jeune homme avait ralenti sa
progression et s'était peut-être arrêté, conscient de son impuissance, immobilisé par
manque de décision. Bolan se trouvait maintenant au cœur des recherches et il s'apprê-
tait à passer à l'action.

Il entendit les signaux que les scooters en-
voyèrent pour informer d'un nouveau croisement et le commencement d'une nouvelle ellipse, puis il donna un grand coup de ses
bâtons et bondit en avant pour passer le point
de contact avant que les véhicules n'y soient.
Les deux premiers scooters glissaient de
chaque côté à dix mètres de distance et se
rapprochaient de la ligne centrale en envoyant
des signaux sonores aux deux autres scooters
qui se trouvaient plus loin et revenaient en
sens inverse. Ils avaient cerné leur cible et le
savaient. D'une seconde à l'autre la fusillade
serait déclenchée.

Bolan arriva sur la forme recroquevillée de
Sondre. Le jeune homme l'attendait, accroupi

dans la neige; un bâton avancé comme une lance, le pic en acier dangereusement menaçant. Il faillit atteindre sa cible. Bolan para le coup de bâton de l'avant-bras et envoya un magistral coup de poing sur le menton du jeune homme qui perdit immédiatement connaissance.

Il formula le vœu que le jeune homme reprenne conscience rapidement et veuille bien se battre.

Il lui défit ses skis, dégoupilla une grenade, la lança vers le point de croisement.

L'explosion provoqua une lueur affaiblie par l'opacité blanchâtre, mais la détonation éclipsa momentanément tous les autres bruits sur le plateau. Une des sources de bruit s'était tue à jamais. Devant Bolan, un seul scooter continuait à tourner en rond et s'éloignait de la courbe prescrite. Un cri faible s'éleva dans la zone de lexplosion.

— Je suis touché ! Je suis touché !

Le cercle armé se désintégra aussitôt. Les deux scooters derrière Bolan échangèrent une série de signaux sonores puis s'éloignèrent rapidement. Des rafales d'armes automatiques partirent, balayant systématiquement de trois côtés la zone où se trouvait Bolan.

C'était la curée, mais pas celle qu'on avait prévue. Bolan pouvait maintenant agir.

Bolan hissa le jeune homme sur ses épaules, tira un coup avec l'Auto-Mag et bondit à travers l'angle de feu et continua à avancer, sachant que tous les tirs seraient maintenant dirigés sur l'endroit qu'il venait d'évacuer. Il ne lui fallut pas plus de trois secondes pour s'esquiver et il aurait pu s'échapper définitivement si un nouvel élément ne s'était pas présenté. Il entendit le cliquetis sourd et pesant des chenilles de plusieurs half-tracks blindés qui s'installaient devant lui et lui barraient la route.

Il plongea au sol, se couvrit de neige ainsi que le jeune homme évanoui. Lorsqu'il leva la tête, il aperçut au-dessus de lui la forme d'un half-track éclaireur muni d'un projecteur à iode. Le faisceau commença à balayer la zone de chasse avec efficacité. Bolan ne bougea pas d'un centimètre car il était momentanément en sécurité à cause de sa proximité.

Un haut-parleur fut branché, une voix donna l'ordre de cesser le feu. Les scooters se turent et le plateau devint silencieux sauf pour les hurlements mornes du vent. Le haut-parleur aboya de nouveau et Bolan reconnut la voix aux accents sudistes du capitaine Harrelson.

— Faites votre rapport, lieutenant, cria-t-il.

La voix de l'homme qui commandait les scooters s'éleva, proche mais invisible.

— Nous croyons que c'est Bolan. La femme a disparu et trois de nos hommes sont morts, trois autres sont blessés. Un des scooters est détruit.

— Alors, qu'est-ce que tu fais, Tom ? Tu vas lui lancer des boules de neige ?

— Nous l'avions enfermé dans un quadrillage juste avant votre arrivée. Je vous jure que je n'arrive pas à le comprendre, ce type. Il semble qu'il s'en soit échappé.

— Je ne crois pas, lieutenant. Je pense qu'il s'est enfermé à l'intérieur. Bolan ! Mack ? Tu m'entends ? Je sais que tu es là, sergent. Ecoute, on a essayé, hein ? Maintenant, on commence à ne plus avoir de temps. Assez joué. C'est Frank Harrelson qui te parle. Le capitaine Harrelson. Dis, on en a vu d'autres ensemble, hein ? Dis, mon gars, on fait une trêve de dix minutes. Dix minutes. Il faut que je te parle.

Bolan connaissait bien les trêves proposées par Harrelson ; elles finissaient généralement mal pour ceux qui les avaient acceptées.

— Ce n'est pas une embuscade, sergent. Ecoute, tu peux rester dans la neige et te geler si tu veux, mais tu ne sortiras pas d'ici. J'ai fait cerner le plateau. En revanche, ça m'en-

nuie que mes meilleures troupes soient im-
mobilisées pour toi. Je dois m'en aller. Le jeu
s'arrête. On doit passer aux choses sérieuses.
J'aimerais bien que tu sois de notre côté.
Qu'en dis-tu ? Tu préfères geler ?

Il était possible que Harrelson dise la vérité
pour une fois.

— Je peux t'offrir un beau poste. J'ai un
tireur d'élite, mais il est loin de te valoir. Tu
deviendrais riche en un rien de temps.

Sondre commençait à reprendre conscience. Ce n'était vraiment pas le moment.
Bolan lui mit une main sur la bouche, puis lui
prit la main et la dirigea jusqu'à la chenille du
half-track.

Harrelson continuait à vendre sa marchan-
dise :

— Tu deviendrais salement riche. Je peux
même faire de toi un général, ça te plairait,
non ? Passer directement de sergent à général ? Qu'en dis-tu, mon gars ?

Bolan ne dit rien du tout. Le jeune homme
non plus. Il était complètement revenu à lui,
avait compris la situation et fit pression sur la
main de Bolan qui se trouvait sur sa bouche.

— Mais je ne comprends pas ton attitude,
poursuivit Harrelson. Je sais ce qui te pousse
et je respecte ton acharnement, mais je n'arrive pas à te comprendre. Tu marches à con-

tre-courant. Les temps ont changé. Tu ne te
rends pas compte. Ton portrait est accroché
dans tous les commissariats et toutes les pré-
fectures des Etats-Unis. Ils t'abattront comme
un chien à la première occasion, mon gars.
Tu devrais plutôt t'associer avec des gens qui
reconnaissent tes dons et qui ont besoin de tes
talents. On est sur un coup formidable. Dis, tu
sais que je ne peux pas passer la journée à
causer avec toi. Je présume que Mrs Sanderson t'a laissé entendre ce qu'on prévoyait de
faire. Mais écoute, elle n'en connaît pas la
moitié. Nous ne sommes pas des assassins,
sergent. Nous sommes un commando militaire. Et nous avons une mission à remplir. Ça
devrait t'intéresser. Mais si tu préfères te
transformer en glaçon, ça te regarde. A toi le
choix. Je ne peux t'accorder que quelques
minutes de réflexion. Dis ! Tu te souviens de
Sin Duc Huong ? On pourrait recommencer
ce coup-là, toi et moi ! Je te donne soixante
secondes pour y réfléchir. Tu peux commencer à compter.

Bolan se souvenait parfaitement de Sin Duc
Huong — et il n'avait aucune intention de
rencontrer Harrelson avant le moment qu'il
aurait lui-même choisi.

Quelques minutes plus tard, le faisceau du
projecteur s'éteignit et le moteur du half-

track de commandement fut mis en route.

Une seconde voix se fit entendre sur le haut-parleur :

— Evacuation ! Qu'il se gèle le cul ! Transportez les blessés à l'arrière. Du café et des sandwiches vous seront servis au retour. Bien joué, les gars. Bien joué.

Le véhicule fit un petit bond en avant puis effectua une manœuvre de demi-tour en glissade sur une des chenilles. Bolan sentit le jeune homme se raidir et s'agripper à sa jambe mais n'en comprit pas la raison avant la disparition du half-track. La chenille lui était passée sur la jambe, l'enfouissant violemment dans la neige tassée qui l'avait cependant protégée.

Les scooters s'éloignèrent aussi derrière les half-tracks. Ils ne pouvaient pas se parler, mais Bolan savait que la jambe du jeune Sondre lui faisait atrocement mal. Il la dégagea en douceur, la palpa du bout des doigts mais ne découvrit aucune fracture. Mettant un doigt sur ses lèvres pour le prévenir de se taire, Bolan le hissa sur ses épaules et partit vers la cabane d'équipement en espérant que Mrs Sanderson s'y trouvait encore.

Une chose était certaine : Sondre ne referait pas de ski de sitôt.

Pas plus que Bolan.

On pouvait dire ce qu'on voulait de Frank Harrelson mais ce n'était ni un imbécile ni un incompétent. Il ne renoncerait pas au combat pour épargner un vieux compagnon d'armes.

Il avait dit la vérité.

Mack Bolan n'était plus la première cible du commando du Colorado. Il était bloqué sur place et c'était suffisant. Cela impliquait que le commando allait désormais se consacrer au président des Etats-Unis.

Apparemment, on était satisfait du comportement du commando, on avait décidé d'aller de l'avant.

CHAPITRE XVI

— Sondre vous remercie d'avoir risqué votre vie pour le sauver, dit Mrs Sanderson.

— Dites-lui que j'admire son cran, répondit Bolan, ça valait le coup.

La jeune femme sourit puis baissa pudiquement les yeux et ajouta :

— Je vous remercie aussi, Mack Bolan. Nous regrettons les paroles déplaisantes de Sondre. Vous n'êtes pas comme les autres, vous êtes vraiment très différent d'eux.

Elle s'éloigna rapidement pour aller soigner son frère, et Bolan ne put lui répondre. Ils avaient installé un lit de fortune derrière le comptoir où il n'y avait presque pas de courant d'air, et l'avaient recouvert pour le protéger du froid. La jambe du jeune homme n'était pas cassée mais elle lui faisait très mal et toute la peau, du genou jusqu'à la cheville, avait été arrachée. Le jeune homme était assez malade avec un peu de fièvre — le résultat d'une journée passée ligoté sur un sol glacial.

La situation pouvait être pire et même empirer. Harrelson s'était replié et attendait patiemment parce qu'il n'y avait aucun avantage pour lui à passer à l'offensive dans le blizzard. En cas de confrontation, ce serait match nul, avec un avantage pour Bolan. Harrelson était trop bon soldat pour gaspiller inutilement son effectif. Il pouvait battre en retraite et attendre la fin de la tempête en laissant à Bolan le soin de prendre l'initiative. Il savait bien que l'avantage passerait alors du côté des défenseurs.

Non, Harrelson n'était pas un imbécile.

Bolan trouva des brindilles et du bois et fit un feu dans le fourneau.

— Ce n'est pas risqué ? demanda la jeune femme.

— Si, avoua Bolan en souriant. Mais c'est plus agréable, n'est-ce pas ?

Elle lui sourit, approcha les mains du fourneau.

— Le vent vient du nord-ouest, dit Bolan. Il leur arrive dans le dos. Je ne pense pas qu'ils sentent la fumée même s'ils se trouvaient à côté de nous. Nous sommes momentanément en sécurité, profitons-en.

— J'ai une casserole et du thé, dit-elle en souriant. Et dehors...

— N'ajoutez rien, j'ai tout compris, fit Bolan en se levant.

Il vida une petite poubelle en métal, sortit de la cabane et la remplit de neige.

La neige était très poudreuse et contenait peu d'eau. Excellente pour faire du ski, mais c'est à peu près tout. Il lui fallut ressortir une seconde fois avant qu'Undy puisse faire du thé, et au cours de la seconde sortie il remarqua que les conditions s'amélioraient. Il n'en parla pas à la jeune femme mais s'approcha plusieurs fois de la fenêtre pendant qu'elle laissait infuser le thé.

Elle s'adressa à lui sans se retourner.

— La tempête faiblit.

Bolan acquiesça.

— Le vent tombe et changera bientôt de direction, dit-il. Le plus gros est passé.

— Qu'allez-vous faire ?

Bolan sourit.

— Boire une tasse de thé.

— Qu'allez-vous faire ? répéta-t-elle en lui tendant un bol en métal.

Il goûta doucement le thé brûlant, savourant la chaleur et le parfum délicat.

— C'est très bon, dit-il.

— Qu'allez-vous faire, Mack ?

Bolan rit doucement.

— Je vais essayer de les prendre de vitesse.

— Qu'est-ce que vous voulez dire ?

— Jusqu'à présent nous avons agi à l'aveuglette, chacun sachant vaguement où se trouvait l'autre, mais pas avec précision. Il faut être précis pour faire la guerre. Celui qui en sait le plus long sur l'ennemi, emporte la victoire. En général. Il faut donc que je les repère avant qu'ils ne me trouvent.

— Je vois. Vous allez les attaquer.

— Il le faut. Je n'ai pas le choix. C'est notre seul espoir.

— Vous pouvez partir vers l'ouest, Mack. Vous pourriez y aller maintenant comme vous auriez pu le faire avant.

Bolan secoua la tête.

— Je ne le peux plus.

— A cause de Sondre et moi ?

Elle secoua délicatement la tête.

— Vous le pouvez toujours, insista-t-elle.

Leurs regards se croisèrent au-dessus des bols de thé.

— Nous nous en tirerons très bien, fit-elle. Vous devez vous échapper et les empêcher d'agir.

— Vous vous en tirerez tous les deux avec une balle dans la tête, et ce n'est pas dit que je réussirai. J'ai fait très peu de ski alpin et je pourrais me perdre dans une région que je ne connais pas. Ils en auraient fini avec le président depuis longtemps lorsque je retrouverai mon chemin. Ou alors je pourrais tomber dans une crevasse et me rompre le cou.

Elle baissa les yeux.

— Je ne tiens pas à la vie à n'importe quel prix, dit-elle. Surtout pas au prix de la vôtre.

— Et Sondre ?

— Je parle pour nous deux. Sondre n'envisagerait pas votre mort de gaieté de cœur.

Bolan posa son bol, alluma une cigarette. Il la lui tendit mais elle refusa. Il lui demanda :

— Vous n'avez jamais eu l'impression de revivre une expérience vécue et oubliée depuis longtemps ?

— Une sorte de réincarnation ? fit-elle en retroussant légèrement le nez.

— Si vous voulez, fit-il en souriant. Mais je ne parlais pas de ça. J'ai seulement l'impression que nous nous connaissons depuis très longtemps — depuis toujours. Vous et moi.

— Oui, c'est une impression agréable. Je l'ai ressentie aussi dès que je vous ai vu.

— Comment l'expliquez-vous ?

— Je ne me l'explique pas. Je me contente de l'accepter avec reconnaissance. Et comment l'expliquez-vous, vous ?

— Le temps s'est disloqué, fit Bolan er souriant.

— Je ne vous comprends pas.

— Moi non plus, dit-il en lui prenant la main.

Le contact se prolongea, chaleureux et troublant.

— Je vous en prie, murmura-t-elle. Je suis trop sensible en ce qui vous concerne.

Bolan aussi mais ce n'était pas le moment de se laisser aller. Il reprit sa tasse et alla près ue la fenêtre pour voir le temps qu'il faisait puis se rendit près du jeune Sondre pour voir comment il allait. Le jeune homme dormait paisiblement et le vent tombait. Hélas ! il ne restait pas assez de temps pour...

Bolan s'approcha d'elle, lui prit la main, l'aida à se redresser puis la prit dans ses bras et la tint contre lui avec tendresse.

— Il y a des moments, dit-il d'une voix rauque, où le temps s'arrête pour certains. Pour ceux qui vivent d'une seconde à l'autre et qui peuvent mourir dans la minute qui suit. Le temps s'arrête et ils ne peuvent observer tout ce qui se passe autour d'eux et qui ne les touche pas — puis choisir l'instant auquel ils vont se remettre à vivre avec les autres. En attendant, ils vivent dix fois plus intensément et peuvent ressentir cent fois plus d'émotions. Je ne peux pas expliquer ça autrement, Undy, mais je sais que je t'ai aimée dès que je t'ai vue. C'est assez pour moi — tu comprends ?

Ma vie ne cadre pas avec le temps. En une seconde, je peux vivre tout une vie. Est-ce que tu comprends ce que je veux dire ?

Des larmes envahirent les yeux bleus de la jeune femme.

— Oui, oui, je comprends. Je croyais que c'était... c'était parce je me sentais si seule mais... Tiens-moi contre toi, serre-moi fort.

Il la serra contre lui et ils restèrent ainsi un long moment.

— C'est plus fort que... murmura-t-elle sans finir sa phrase. J'étais persuadée depuis deux ans que j'étais venue dans ce pays pour réaliser un rêve qui s'est transformé en cauchemar... J'ai vu mourir mon mari. Quel gâchis, Mack. Deux années perdues.

— Comment est-il mort ?

Elle poussa un soupir.

— En réalisant son rêve. Lars était un champion de ski. Nous sommes venus réaliser le rêve américain. Trouver une nouvelle chance, recommencer de zéro dans la dignité et le progrès. Mais nous avons commencé par perdre tout notre argent et Lars a dû accepter de travailler à l'extérieur. Il se trouvait avec d'autres moniteurs qui faisaient une patrouille dans une région où les avalanches... Et...

— Et quoi ?

— La montagne l'a tué.

— Il est donc mort en faisant ce qu'il préférait au monde. Non ?

— Je suppose que c'est vrai.

— Comment as-tu été mêlée à cette histoire avec Frank Harrelson ?

— Qui est Frank Harrelson ?

— Celui qui commande ces soldats.

— Ah ? Le Sudiste. Un jour, Sondre est tombé sur leur campement en aval de la station. Ils l'ont fait prisonnier et l'ont maltraité. Il y a quelques semaines, le Sudiste est revenu soi-disant pour nous faire des excuses. Mais la semaine dernière, ils sont revenus en force et sont restés. Sondre et moi avons été emprisonnés dans notre propre maison.

— Et qu'est-ce qu'ils ont fait, Undy ?

Elle haussa les épaules.

— Ils ont fait des tas de réunions. Beaucoup d'exercices aussi.

— Sur les scooters ?

— Oui.

— Sans neige ?

— Ils ont apporté des machines à fabriquer de la neige artificielle. Vous en avez déjà vu, non ? La température était suffisamment basse, surtout la nuit. Une des raisons pour lesquelles ils ont choisi notre station est que les rayons du soleil ne nous arrivent jamais directement dessus. Ils ont réussi à faire prendre une sous-couche glacée. Ça fait des semaines qu'ils s'exercent sur les scooters. D'abord discrètement sur le versant en aval, ensuite sur le plateau après nous avoir enfermés, Sondre et moi. Tout d'abord nous les prenions pour des vrais soldats mais comme ils nous emprisonnaient, nous avons compris qu'ils ne l'étaient pas. En Amérique, ce genre de choses n'arrive pas.

— Espérons, en tout cas, que ça ne se répétera pas, fit Bolan d'une voix inquiète. Parle-moi de Harrelson.

— Je ne sais pas grand-chose de lui. Il a passé très peu de temps à Snow Trails. Le lieutenant — Thomas — était le commandant. Le Sudiste faisait des allées et venues en hélicoptère. Ils se rencontraient et parlaient puis il repartait. Mais je sais que c'est un homme mauvais, une bête féroce.

— Et les autres ?

— Ils ne sont pas aussi mauvais que lui. Ils sont durs mais ils essaient de se montrer corrects. Ils sont très militaires.

Bolan soupira.

— Oui. Ils sont très militaires, d'où mon problème. Ce sont de bons soldats, disciplinés et bien entraînés. A combien sommes-nous de Vail, Undy ?

— Par la route et lorsque les conditions le permettent, à une heure et demie.

— Et en avion ?

Elle appuya la tête contre l'épaule de Bolan.

— En avion, je ne sais pas. Mais le président ne fera pas de ski à Vail cette année. C'est à ça que tu pensais ?

— Oui. Mais alors où ira-t-il ?

— Chez un ami qui a un chalet près de Berthoud Pass...

Bolan se raidit brusquement.

— Mais c'est juste au sud d'ici, gronda-t-il en l'interrompant.

— Oui, c'est très près.

L'affaire se compliquait mais plusieurs choses devenaient claires. Bolan se donna mentalement un coup de pied parce qu'il n'avait pas compris plus tôt, et parce qu'il avait déduit à tort ce qui devait se passer. Il avait cru que Snow Trails n'avait servi qu'à l'attirer dans un guet-apens, puis ensuite — après avoir entendu Undy Sanderson — il avait pensé que Snow Trails avait servi de camp d'entraînement puis accessoirement à l'attirer dans le piège. Maintenant, il savait que la zone d'attaque se trouvait à quelques minutes de Snow Trails, donc en première ligne. La station allait servir de base, de point de départ. Toutes les pièces du puzzle se mettaient en place et beaucoup de choses devenaient claires. Pas toutes, mais beaucoup.

— Il faut que j'aille dans ma caravane, dit-il à la jeune femme.

Il s'approcha du jeune homme endormi, le secoua légèrement puis s'adressa à la jeune femme :

— Dis-lui que j'accepte son idée d'utiliser la grotte de neige. Je vais vous y installer. Après, je partirai.

Une chose était sûre, il avait été attiré dans le guet-apens mais il devait aussi servir d'appât. Toutes les agences de police locale et fédérale avaient été recrutées pour arrêter Mack Bolan qui se trouvait soi-disant à Denver. Ce n'était qu'une diversion militaire. Même les agents du Trésor avaient été recrutés pour donner la chasse à Bolan tandis que la machine militaire de Harrelson se préparait à attaquer ailleurs. En toute impunité.

Combien de gardes du corps accompagnaient habituellement le président ? Combien d'entre eux pouvaient suivre derrière le président quand il dévalait une piste ? Quelle protection pouvaient fournir quelques hommes en chaussures de ski lorsqu'ils devaient se mesurer contre des troupes aguerries, équipées de blindés ?

Pourtant, Bolan n'arrivait pas à comprendre l'intérêt de la Mafia. Pourquoi tuer le président ? Dans quel but ? Puis il y avait un autre détail, mais d'importance. Pourquoi un commando militaire où paramilitaire ? Pourquoi avoir consacré tant d'argent, tant d'hommes et tant d'efforts pour assassiner un seul homme, président des Etats-Unis ou pas ? Un tireur d'élite aurait pu s'acquitter de la tâche dans une région où les grands espaces ne manquaient pas. Pourquoi en faire une opération militaire ?

Que lui avait dit Harrelson en pleine tempête de neige ? Qu'il lui offrait ses étoiles de général ? Mais dans quelle armée ?

Plusieurs réponses faisaient des ricochets dans le crâne de Bolan, mais elles étaient trop démentielles pour qu'il les prenne au sérieux. Il fallait pourtant trouver la réponse exacte — et finalement il se dit que toutes les pièces du puzzle ne s'assemblaient pas encore, malgré les apparences.

La diversion avait marché. Bolan avait vu par lui-même l'immense rassemblement de policiers et d'agents qui quadrillaient systématiquement Denver et surveillaient les plaines autour de la ville. Brognola lui avait dit qu'il avait fallu beaucoup d'astuce et un véritable miracle administratif pour que toutes ces agences se mettent à travailler ensemble.

Et une autre diversion avait failli immobiliser Bolan lui-même. Frank Harrelson n'était pas né de la dernière pluie et il semblait connaître Bolan mieux que celui-ci ne se connaissait. Il s'était dit que Bolan prendrait Mrs Sanderson et son jeune frère sous sa protection et il avait eu raison. Le bon et brave Bolan, dont il se souvenait, secourait les femmes et les enfants au Viêt-nam. Pourquoi agirait-il différemment sur les hauteurs du Colorado ?

La bonté était une faiblesse dont Harrelson savait se servir.

Il savait que Bolan aurait pu s'échapper, et indifférent au sort de ces deux civils sans défense, disparaître dans les neiges de la montagne. Mais ce n'était pas le style de Mack Bolan.

Tant mieux. Qu'il perde son temps à secourir les faibles, qu'il joue les protecteurs. Il resterait bloqué sur le plateau encerclé pendant que le gros du commando irait s'acquitter de sa sordide mission.

Mais le capitaine sudiste avait mal jugé son homme.

Il y avait plusieurs façons de se montrer bon — et Bolan les connaissait toutes.

CHAPITRE XVII

Le vent était tombé et les flocons de neige descendaient en douceur. La température avait brutalement chuté et Bolan était content d'avoir mis un passe-montagne. Il était semblable aux gardes qui patrouillaient sur les extrémités du plateau, vêtus d'une cagoule et d'un anorak avec le capuchon remonté, recouverts d'une fine couche de neige. Mais il ne voulait pas trop pousser la ressemblance. Ces hommes observaient les règles du jeu, et il lui parut évident qu'ils avaient des signaux élaborés pour se reconnaître entre eux.

La visibilité était bonne. On pouvait distinguer les objets à trente mètres et les voir clairement à quinze. De-ci, de-là, il y avait des lumières, et des voix se laissaient entendre sur le plateau. Il y avait du mouvement tout autour de la maison.

Bolan n'avait pas cru que ce serait facile ni rapide. Il fallait avancer lentement, prudemment, s'il voulait emporter la partie. Mais chaque minute qui passait permettait à l'ennemi de reprendre des forces, de se regrouper pour mieux veiller à sa sécurité. Il ne pouvait pas se permettre de passer la nuit à les observer, ce n'était pas possible. Mais, plus il les voyait, mieux il comprenait.

Il s'était passé deux heures depuis qu'il avait abandonné la jeune femme et son frère dans la grotte artificielle. Pendant ce laps de temps il avait reconnu le terrain, examiné le périmètre patrouillé par les gardes et conclu qu'il lui serait impossible pour le moment de pénétrer le cercle. Des patrouilles de skieurs surveillaient les pentes au-dessus du plateau et communiquaient entre elles grâce à des talkies-walkies. Il n'y avait pas beaucoup de pentes au-dessus du plateau, mais au-delà, sur les hauteurs, des véhicules à roues continuaient à veiller et la petite route qui menait à la station — la US 40 — était bloquée par un half-track. Par ailleurs, le plateau était délimité par des falaises et des précipices qu'aucun alpiniste n'aurait eu la folie d'attaquer en pleine nuit.

Il n'y avait donc aucune solution rapide ou facile.

Il en avait considéré plusieurs. D'abord, il aurait pu s'emparer d'un des véhicules et forcer une sortie en faisant un tir de barrage. Mais il reconnut qu'il lui serait difficile de piloter l'engin et de faire feu simultanément. Les véhicules de patrouille comportaient tous un canon 37mm et tenaient bien la route malgré la neige qui la recouvrait, mais ne se pilotaient pas facilement par un homme seul. D'autant plus que les autres véhicules pourraient le prendre en chasse. Il n'irait pas loin.

Il écarta l'idée d'attaquer la maison à la grenade et de prendre Harrelson comme prisonnier pour l'obliger à lui dégager la route. Harrelson pouvait aussi bien mourir comme les autres au cours de l'assaut, et d'ailleurs sa mort ne signifiait pas automatiquement que le complot contre le président serait abandonné.

Bolan n'avait pas eu d'autres idées pour l'instant.

Il lui fallait patienter, observer, et agir lorsque l'occasion se présenterait.

A vingt-deux heures, il vit les troupes avancer et investir les cabanes d'équipements et du remonte-pente, et il eut encore une fois l'occasion d'admirer leur efficacité militaire. Il ne remarqua aucune bévue, aucune maladresse. Ils exécutèrent leur mission avec méthode et rapidité. Après il réussit à capter leur rapport sur le fourneau encore chaud, la casserole de thé, le lit de camp pour un blessé et les divers indices que les trois fugitifs avaient laissé dans la cabane d'équipements pendant le blizzard. La conclusion lui remonta le moral :

— J'ai l'impression qu'ils ont décidé de descendre la montagne, lieutenant.

— Il y a combien de temps ?

— Peu après la fin du gros vent, probablement. Etant donné les traces, je pense qu'il y a deux heures.

— Vous skiez depuis longtemps, Arnold ?

— Sept ans, lieutenant.

— Vous descendriez la montagne, ce soir ?

— De mon propre gré ? Non, lieutenant.

— Ne vous inquiétez pas, je ne vais pas vous demander de le faire. J'essayais seulement d'examiner le degré de désespoir qu'il faut pour en avoir envie.

— Infini, lieutenant. A mon avis, c'est une chance contre cent pour s'en tirer. Et même s'ils réussissent, il y a toujours...

Un troisième homme se joignit à la conversation, interrompant Arnold :

— Ils ne sont pas partis, lieutenant. Nous avons trouvé une couverture avec du sang dessus derrière le comptoir. Quelqu'un est blessé à la jambe. Je crois que c'est Bolan. On dirait que les deux autres le soignaient. Ils se sont fait du feu et ont attendu la fin de la tempête. Il paraît que le jeune est un as sur les planches, qu'il a gagné une médaille olympique à l'âge de quinze ans. Mais je suis d'accord avec Arnold. Je ne m'attaquerais pas au flanc de cette montagne contre une tonne de médailles olympiques. Encore moins si j'avais un blessé à la traîne.

— Très bien, reprenez votre poste, sergent. Changez vos hommes de place tous les quarts d'heure. A partir de minuit, nous allons alléger la garde. Je veux que tout le monde soit frais pour le départ demain matin.

— Bien, lieutenant.

Bolan entrevit une possibilité. Il se promit de surveiller le sergent Arnold en particulier.

Une heure plus tard, la lune apparut à travers les nuages. Bolan avait profité de ce laps de temps pour se familiariser avec les habitudes du camp. Les hommes commençaient à se détendre, après l'excitation de la poursuite dans la tempête. Il observa minutieusement tous les changements de poste et écouta soigneusement les signaux que les hommes échangeaient entre eux. A vingt-trois heures trente il se joignit à ceux qui faisaient une pause-café, et se retrouva avec deux skieurs frigorifiés qui s'étaient approchés du camion de ravitaillement pour fumer une cigarette et boire un gobelet de café brûlant.

A minuit le commando s'était accru d'un homme, et celui-ci se porta volontaire pour faire partie de la première garde — section alpha.

Le sergent de la garde s'appelait Scovic. Il s'entendit immédiatement avec la nouvelle recrue, surtout lorsque celle-ci lui suggéra en douce un partage des rondes pour voir les troupes.

— On peut alterner. J'irai faire le premier tour.

— D'accord. Comment tu t'appelles déjà ?

— Polaski. Je fais partie des hommes d'Arnold.

— Ah ! oui. Bien. Polaski, prends la première tournée et ne laisse pas les gars s'endormir. Moi j'ai les doigts de pieds gelés et les gars ne sont sûrement pas en meilleure forme que moi.

Ravi, le sergent de la garde rentra dans la camionnette de commandement et Polaski se mit à placer les gardes.

Il y avait un vrai Polaski, un jeune homme dont le nez coulait perpétuellement, avec lequel Bolan avait pris du café. Il avait discuté le coup avec Mack Bolan avant de s'en aller, las, rejoindre son lit dans une des cabanes.

A présent, le faux Polaski mettait les gardes

en place pour les deux heures à venir et — il espérait — pour l'éternité.

L'Exécuteur venait de trouver une solution.

*
* *

Il était deux heures du matin à Washington lorsqu'une longue limousine noire du gouvernement ralentit à l'entrée de National Airport puis vint s'arrêter sous l'auvent de la salle des arrivées. Un homme dans un gros manteau, le chapeau tiré sur le front, se détacha de l'ombre d'un renfoncement et courut jusqu'à la voiture dans laquelle il se précipita. La limousine repartit aussitôt et prit la direction de la rampe de sortie. Leo Turrin alluma nerveusement un cigare et s'adressa à son chef :

— C'est un coup dur, Hal.

— Je sais, répondit Hal Brognola.

— Qui est ton chauffeur ?

— Tu peux avoir confiance en lui. Pourquoi ne m'as-tu pas téléphoné, Leo ?

— Ton téléphone est sur table d'écoute.

— Evidemment. Je le sais.

— *Tous* tes téléphones, Hal. Il y a quelques heures j'ai eu le plaisir tout à fait relatif de t'entendre sur magnétophone. Ta ligne secrète est sur table d'écoute et l'appareil de brouillage compte pour du beurre.

— Comment ont-ils réussi ce coup-là ?

— Je n'en sais rien. mais ils l'ont bel et bien réussi. Je crois qu'il y a une fuite au niveau du conseil de la Sécurité nationale.

La tension quasi électrique s'accentua, mais Brognola s'efforça de parler calmement.

— C'est la chute.

— Comment ?

— C'est la fin, Leo. N'as-tu jamais entendu parler de l'ascension puis de la chute d'une civilisation. Pense à la chute de l'empire romain. C'est comme ça que ça commence. Personne n'a plus confiance en personne. C'est la paranoïa systématique. Tout le monde soupçonne et tout le monde est soupçonné. Quand on en arrive à ce point, il n'y a plus de contrôle possible. Qui a le droit de soupçonner qui ? On ne le sait plus, voilà l'ennui. Alors, commence la chute.

— Moi, je veux te parler d'Augie Marinello qui peut dorénavant écouter tout ce qui se dit à Washington. Tu ferais bien de trouver la fuite.

— Je crois que c'est déjà fait, marmonna Brognola. Que dit Bolan ?

Turrin mordit sauvagement son cigare, murmura une réponse inaudible.

— Comment ?

— Nous l'avons perdu, Hal, soupira le petit homme en retirant de sa bouche le gros cigare.

Brognola se pencha en avant, se prit la tête dans les mains.

— Qu'est-ce qui te fait croire ça ?

— Il a raté tous nos rendez-vous téléphoniques depuis le dernier contact. Ça fait douze heures.

— Il y a un blizzard au Colorado, Leo.

— Pas depuis cinq ou six heures. Le pilote de l'avion dans lequel je suis arrivé m'a dit qu'il faisait superbe au Colorado, les étoiles brillent et il n'y a plus de vent. Le plus grave c'est qu'on y tire depuis ce matin. Il est minuit là-bas. Il y a deux heures à New York, les vieux se sont mis à danser la gigue sur la tombe symbolique de Mack. Ils ont jeté des glaçons par terre, puis ils ont bu un verre et porté un toast à l'honneur de leur ennemi vaincu.

— Mon Dieu, murmura Brognola. C'est pour ça que tu es venu, n'est-ce pas ?

Turrin poussa un soupir :

— Sans doute. Nous savions que ça arriverait. Nous savions qu'il ne pourrait pas survivre éternellement, Hal, mais... Oh ! merde...

Dans le rétroviseur, le chauffeur remarqua l'air misérable de Brognola et toussota légèrement.

— Allez, parlez, Parker, gronda Brognola.

— Je n'y crois pas, monsieur. Ils ont déjà dansé sur la tombe de Bolan. Toujours à tort. Rappelez-vous Las Vegas.

— C'est différent cette fois, gronda Brognola.

Il ouvrit son attaché-case, tendit un dossier à Leo Turrin. Le faux mafioso brancha la petite lampe de lecture et se mit à étudier le rapport en silence.

Son regard était sombre lorsqu'il termina sa lecture et rendit le dossier à Brognola.

— Il se trouvait face à toute une armée de brillants soldats, semblables à Mack Bolan, murmura Brognola.

Sans aucune espèce de honte Turrin prit un mouchoir, s'essuya les yeux.

— Dommage que ça ne soit pas vrai, fit-il. Le monde serait un meilleur endroit s'il y avait quelques centaines de Mack Bolan. Maintenant, il n'y en a plus un seul. Et que faisons-nous des imposteurs, Hal ? Comment s'attaque-t-on à des gens pareils ?

— Avec beaucoup de prudence, répondit sinistrement Brognola. Il y a des répercussions à tous les niveaux du gouvernement. Je crois qu'il faut alerter le cabinet, surtout si mes soupçons — encore ce mot — sont justifiés. Et le président n'est pas à Washington.

Turrin grogna son mépris et demanda :

— Où est-il encore passé ?

— Il unit le plaisir au travail en Californie. Demain, il part pour le Colorado pour un week-end familial.

— C'est ironique, non ?

— Comme tu dis. Le F.B.I. et les agents du fisc observent la situation là-bas.

Brognola jeta un regard sur son ami.

— Peut-être savent-ils quelque chose que j'ignore. En début d'après-midi ils pensaient demander au président d'annuler son séjour au Colorado, mais ils ont retiré cette recommandation peu après.

— C'était peut-être seulement à cause du mauvais temps, dit Turrin.

— Possible, mais tu sais combien ils deviennent tendus lorsqu'il y a des coups de feu. Non, je crois qu'ils ont entendu parler de notre ami. En mal.

Turrin soupira longuement.

— Hal, ça fait des années que je n'ai pas pris une vraie cuite. Mais je crois qu'il est temps d'en prendre une. Est-ce que je peux t'emprunter une chambre et quelques bouteilles ?

— Parlons d'abord de mes téléphones sur table d'écoute.

— Tu es vraiment sans cœur, hein ?

— J'essaie de l'être. Je le pleurerai demain. Mais en ce moment, Leo, j'ai besoin de...

Turrin soupira de nouveau, tira un petit morceau de papier de sa poche.

— Voilà pour le téléphone. Et si tu tiens absolument à te noyer dans le travail j'ai un autre problème à te soumettre. De l'or.

— Quoi ?

— De l'or, cette matière jaunâtre qui fait battre tous les cœurs, le métal qui fait courir le monde. Comment crois-tu que les vieux comptent s'emparer d'un milliard de dollars en or ?

Brognola cligna des yeux, abasourdi.

— Tu plaisantes ?

— Un milliard — mille millions en or.

— Mais qu'est-ce que tu racontes ?

Turrin s'enfonça dans le siège et mordilla son cigare.

— Je ne sais pas ce que je raconte, mais ce soir, chez les vieux, on se posait des questions. Comment cache-t-on une somme pareille, où est-ce qu'on la cache, et comment la change-t-on en espèces sans se faire repérer ?

— Mais où est-ce qu'ils ont pu se procurer une somme pareille ?

Turrin haussa les épaules.

— Ce n'est pas le problème. J'ai l'impression que c'est déjà fait ou presque. La question est de savoir qu'en faire.

— C'est énorme, Leo !

—   Une rançon de roi, Hal. Si tu tiens vraiment à travailler pendant que je veille Mack, je te conseille de chercher le roi qui vaut cette somme, et de trouver qui serait en mesure de la payer.

— Un kidnapping ?

— Mais non. Je te parle d'un milliard en or. Qui paierait un milliard en or comme rançon ? Non, je suis sérieux et le problème est sérieux. Ils ne savent pas quoi faire d'un milliard en or — voilà ce qui m'inquiète.

Brognola le fixa d'un regard étrange. Turrin l'observa un moment puis lui demanda :

— Est-ce que nous avons des réserves d'or au Colorado ? A Denver ?

Brognola ne cessa pas de le fixer.

— Non. Est-ce que cette histoire d'or a un rapport avec ce qui se passe au Colorado ?

— Je crois plutôt que ça a un rapport avec la mort de Mack, dit Turrin.

— Mais comment ?

Turrin baissa les yeux, reprit d'une voix hésitante :

— Je ne sais pas. La prime sur la tête de Mack se montait à un million de dollars, mais cette somme était toute trouvée. Ils n'ont pas besoin d'or pour trouver un million de dollars. Mais la question de l'or a commencé au moment où ils ont appris la mort de Mack.

— Je me demande, fit Brognola. Je me demande s'il est trop tard.

— Trop tard pour quoi ?

— A une époque j'envisageais de me faire prêtre. Je me disais que c'était la seule chose qui ne me décevrait pas. Mais j'étais jeune et j'ai commencé à penser à autre chose. A présent, je ne me sens pas si jeune que ça, et je me demande s'il n'est pas trop tard.

— Si, dit sombrement Turrin. Il est bien trop tard. Ecoute-moi, flic, tu ne durerais pas assez longtemps pour entendre la fin de ta confession. Choisis quelque chose de plus sûr encore, une chambre qu'on peut fermer à clef et une caisse de whisky, par exemple.

Brognola regarda sa montre.

— C'est une idée à laquelle je lève mon verre. Je porterai un toast à ton idée, un autre aux héros méconnus, un troisième aux amis disparus, et un dernier à la chute d'une civilisation. Parker, ramenez-nous.

CHAPITRE XVIII

Tandis que ses amis se préparaient à lui porter un dernier toast, Bolan s'occupait à surveiller les mouvements des troupes.

La moitié des forces qui se trouvaient à Snow Trails montait la garde, séparée en deux groupes. Section alpha patrouillait la partie intérieure du camp — le plateau. Elle était composée de fantassins et de chasseurs alpins. Section bravo se composait d'unités motorisées qui patrouillaient les environs immédiats, les pentes en amont et les étendues plus lointaines jusqu'à la US 40.

L'autre moitié des forces se trouvait dans les cabanes où les hommes avaient l'ordre de se reposer et de dormir. Consigne superflue, car ils avaient passé une dure journée dans des conditions insupportables.

Bolan estima l'ensemble des forces à trois cents hommes, sans compter les officiers et il savait qu'il avait affaire à des troupes d'élite, à de vrais soldats qui avaient du cœur au ventre, une intelligence nettement au-dessus de la moyenne et suffisamment de volonté pour subir les coups durs sans renâcler.

La discipline des troupes était étonnante vu qu'il s'agissait d'un ensemble militaire factice où les officiers n'avaient que l'autorité que les hommes leur accordaient.

L'organisation réelle était assez convention-nelle et ressemblait, par sa conception, à celle de toutes les armées modernes. Chaque équipe était petite mais indépendante et, ce-pendant, prête à collaborer avec les autres. C'était une armée de première ligne qui assu-rait elle-même son transport et son ravitaille-ment. Bolan ne remarqua aucun problème de logistique.

Ce n'était pas un ramassis de petits truands, mais un commando d'une grande efficacité. Les officiers ne prenaient aucun risque et Bolan ne voyait aucune faiblesse à exploiter.

D'un autre côté, cette organisation militaire lui facilitait la tâche dans la mesure où il pouvait se mettre dans la peau des soldats — agir comme eux, penser comme eux et se mêler à eux.

C'était la seule solution envisageable.

Scovic se trouvait dans la camionnette de

commandement où il se réchauffait pour la seconde fois, et en profitait pour examiner les registres de ses hommes. Bolan — alias Polaski — se promenait dans l'enceinte du plateau sur des skis de fond et cherchait le moyen de passer aux actes. C'était la seconde fois qu'il inspectait la garde et les hommes commençaient à s'habituer à le voir passer comme une ombre — une ombre autoritaire. Mais cela ne lui apportait pas grand-chose. Il ne pouvait pas s'éloigner des sentiers battus et il n'avait pas intérêt à risquer un contact avec un ennemi trop efficace. Il avait tout de même une relative liberté de mouvement et cette mobilité pouvait éventuellement lui servir s'il devait passer à l'offensive. Tout allait bien, vu les circonstances. Mais tout allait trop lentement à son goût.

Juste avant de se joindre aux rangs ennemis, Bolan avait caché ses armes sous son anorak. Il disposait de six grenades, de quelques bombes incendiaires, de l'Auto-Mag avec six chargeurs, du Beretta avec quatre chargeurs, d'un stylet et de plusieurs garrots. C'était un bel armement mais insuffisant pour anéantir trois cents hommes.

Bolan commençait à réévaluer sa position. Depuis plusieurs heures il avait constamment cherché à esquiver l'ennemi, à le fuir, à battre en retraite pour prévenir Washington. Il avait réagi comme un éclaireur qui, en territoire ennemi et se sachant encerclé, cherche à tout prix à feinter l'ennemi pour rejoindre le gros des troupes et faire son rapport.

Il cherchait une solution depuis des heures — une solution pour arriver à s'échapper. Mais la solution n'était-elle pas plutôt de s'assimiler à l'ennemi, de le pénétrer ?

Pourquoi battre en retraite ?

Il se trouvait dans leur camp et en faisait présentement partie. Il avait la possibilité d'agir de l'intérieur. Comme il ne pouvait pas sortir du camp pour neutraliser le complot, il pourrait essayer de le faire en restant à l'intérieur.

Dès qu'il eut pris sa décision, il se mit à penser aux véhicules blindés. L'un d'eux se trouvait sur la route d'accès. Les deux autres étaient garés derrière le bâtiment principal, gardés par une sentinelle de la section bravo. Cet homme, qui ne faisait pas partie du groupe de Scovic, ne profitait pas des pauses-café comme les hommes de la section alpha. C'était un soldat oublié qui était loin de son propre groupe et loin de son territoire. Il se trouvait en faction depuis minuit et n'avait jamais été relevé.

Voilà où il fallait commencer.

Bolan passa près de lui et l'examina brièvement du regard. Le type se tenait entre les deux blindés, les bras croisés, légèrement voûté pour conserver un peu de chaleur corporelle. Bolan fit rapidement demi-tour en effectuant un christiania, puis s'approcha lentement en chasse-neige. Le type n'avait pas de skis. Il avait fait les cént pas dans le petit espace entre les blindés et la neige était tassée où il l'avait piétinée. Ses bottes étaient recouvertes d'une couche glacée et le passe-montagne bordé d'une couronne de givre.

— Ça va bien ? demanda Bolan.

Le type était frigorifié et ne parvenait presque pas à parler.

— Ça ira, marmonna-t-il presque inaudible.

— Je n'en ai pas l'impression, fit Bolan. Section bravo t'a oublié ?

— On me relève à deux heures. Je tiendrai le coup.

— Les nôtres font la pause tous les quarts d'heure. Dis, c'est pas comme ça qu'on tient le coup. Va donc à notre camionnette de ravitaillement et prends un café chaud. Je te remplace. Tu pourras aussi te réchauffer les pieds.

— Merci, mais je ferais mieux de rester ici.

— C'est un ordre que je te donne. Tu gar-

des peut-être les blindés de ta section, mais tu
te trouves sur mon territoire.

— C'est toi le sergent de la garde ?

— L'un d'eux.

— Oui, je t'ai vu passer plusieurs fois. Je
croyais que c'était les chasseurs qui avaient le
boulot le plus dur, mais je n'en suis plus si
sûr.

— Je te relève. Tu as quinze minutes.

Le type bougea enfin, avança de quelques
pas, puis s'arrêta.

— O.K., c'est ton territoire. Mais si on me
met à l'amende c'est toi qui paieras. Comment t'appelles-tu ?

— Scovic.

— Merci, Scovic.

L'homme de la section bravo partit d'un
pas lent et Bolan se mit aussitôt au travail. Il
leva le capot des deux véhicules et posa, dans
le moteur, une grenade à moitié dégoupillée,
avec un fil qui reliait la grenade à l'accélérateur. C'était simple mais sûr. Un coup d'accélérateur et les grenades seraient entièrement
dégoupillées et exploseraient aussitôt. L'explosion détruirait les véhicules mais Bolan
tenait à faire encore mieux. Il détacha l'arrivée d'essence, en arrosa le moteur. Pour finir,
il effaça soigneusement toutes les traces de sa
manipulation.

Le type revint après une dizaine de minutes mais Bolan avait fini depuis longtemps. Il avait meilleure mine. Bolan le lui fit remarquer puis ajouta :

— Ça fait du bien, non ?

— Que ça reste quand même entre nous, lui demanda le type. Un gars là-bas m'a dit que tu n'étais pas Scovic.

Bolan ricana doucement.

— Ça ne gênerait pas Scovic de payer une petite amende, mais ne t'en fais pas, ça reste entre nous.

— Evidemment, un sergent en a les moyens. C'est pas mon cas. Moi, j'ai prévu jusqu'au dernier cent mes dépenses.

— Ah oui ? Et qu'est-ce que tu comptes en faire ?

— Je vais passer une année à me dorer au soleil des Caraïbes. J'y ai longuement réfléchi. Je vais m'entourer de jolies filles et me péter la gueule tous les jours avec du rhum-Coca.

— Faut faire attention aux jolies filles, mon gars. Elles te piqueront tout. Tu finiras par te demander où est passée ta fortune.

— Non, j'y ai réfléchi aussi, répondit le garde avec beaucoup de sérieux. J'ai trouvé une solution. Mille dollars par semaine. Je ne débourserai pas un *cent* de plus.

— Oui, effectivement à ce train-là, tu passeras une bonne année, fit Bolan.

— T'es pas matheux, hein ! A ce régime-là, je peux y passer deux années.

Bolan fit le calcul puis s'éloigna avec de sombres pressentiments. L'envergure de cette opération était absolument incroyable. Cent mille dollars ! Par homme ? Etait-ce la somme que devaient toucher tous les soldats ? A trois cents hommes, la somme globale s'élevait à trente millions de dollars ! Mais comment est-ce que cela devait se passer ? Etait-ce un seul coup ? Participer à la mission puis se retirer et vivre heureux ? N'y aurait-il pas d'autres missions par la suite ?

L'enjeu devait être énorme. Mais qui paierait tant d'argent pour une seule opération ?

Il réfléchit de nouveau au fantastique déploiement d'hommes et de matériel ainsi qu'à la voix persuasive de Frank Harrelson dans le haut-parleur. Qu'est-ce qu'il y avait de vrai derrière tout ça ? Harrelson lui avait offert des étoiles de général et d'immenses richesses. Trente millions de dollars pour abattre un homme ?

Il se dirigea directement vers la camionnette de commandement, ouvrit son anorak, retira son passe-montagne et s'installa d'un côté du bureau en face de Scovic.

Celui-ci avait à peu près le même âge que Bolan, des yeux féroces et une bouche aux lèvres minces et cruelles. Il leva les yeux, fixa Bolan d'un regard méchant.

— Qui êtes-vous ? demanda-t-il.

— Polaski.

— C'est pas vrai.

Il examinait Bolan de pied en cap, commença à se dégager du bureau sur lequel traînait les feuilles couvertes de chiffres qu'il étudiait.

— Ne fais pas ça, dit calmement Bolan.

Le Beretta apparut ; le gros silencieux au bout du canon ressemblait à une bulbe obscène.

Les mains de Scovic tressaillirent mais restèrent à plat sur la surface du bureau.

— Je n'en reviens pas, dit-il froidement.

— Fais un effort, dit Bolan.

— Que veux-tu ?

— Ta peau.

Les mains tressaillirent de nouveau mais ne bougèrent pas.

— D'accord. Tu la veux, prends-la.

— T'inquiète pas, je vais le faire. Je vais te descendre, Scovic, c'est fini pour toi, mais tu vas y passer tranquillement, sans douleur. Je t'en donne ma parole. Tu n'as rien à me dire ?

— Si. Crève, sergent.

— C'est tout ? Tu vas tout perdre, tu n'auras pas d'argent et tu ne penses qu'à me dire ça ? Tu ne regrettes pas ce que tu as fait à ton pays ?

— Mon pays ! cracha Scovic avec mépris. T'es vraiment con, le capitaine avait raison. Il te fera la peau aussi, connard.

— Parlons plutôt de toi. Tu ne dois rien à personne, tu veux voir l'Amérique mise à feu et à sang ?

— Tu te trompes, Bolan. C'est à moi qu'on doit quelque chose. C'est l'Amérique qui nous doit quelque chose à tous. Même à toi. Tu aurais pu entrer dans le coup. Tu ne le sais pas ?

— On ne m'a jamais parlé de fric, Scovic.

Scovic fit une grimace de mépris.

— Tu parles, dit froidement Bolan. Quelques milliers de dollars — et pour quoi ? Je dépense ça tous les jours en munitions.

Scovic ne répondit pas. Il resta là à fixer Bolan d'un regard méprisant, les yeux cruels. Le Beretta toussa doucement et Scovic eut subitement un troisième œil au centre du front. Il bascula en arrière et entraîna la chaise dans sa chute.

Bolan poussa un soupir, prit les papiers de Scovic et commença à les examiner.

Il s'agissait d'une série de calculs, tous

basés sur une somme de deux cent cinquante mille dollars. Bolan plia la feuille de Scovic et la rangea dans une poche.

— C'est donc ça qu'on te devait, hein ? marmonna-t-il. Deux cent cinquante mille dollars.

Le sergent Scovic avait vendu son âme pour deux cent cinquante mille dollars. Ces gens étaient sérieux, ils ne plaisantaient pas, surtout avec l'argent. D'après les calculs de Scovic, il avait été mis trois fois à l'amende — trois fois cinq mille dollars. Ce n'était pas étonnant que le garde de la section bravo ait eu des scrupules à quitter son poste. Ça expliquait la discipline du commando. La récompense était assez importante pour garantir la loyauté et la persévérance des hommes. C'était une bonne formule.

Bolan traîna le corps de Scovic dans un coin de la camionnette et jeta une couverture dessus.

Il en savait déjà un peu plus qu'auparavant.

CHAPITRE XIX

La plupart des lumières avaient été éteintes chez Undy, sa maison était visiblement transformée en P.C.

Bolan releva le garde qui se trouvait devant, l'envoya au camion de ravitaillement.

— Qui se trouve là-dedans ? demanda-t-il à l'homme avant le départ de celui-ci.

— Les commandants des sections alpha et bravo et un autre type que je ne connais pas.

— On dirait qu'ils s'y sont enfermés pour la nuit.

— C'est le privilège des officiers, répondit philosophiquement le garde.

Bolan déchaussa ses skis, gravit les marches, ouvrit la porte et pénétra à l'intérieur.

Seule la salle de séjour était éclairée. Il y avait des cartes et des plans de combat accrochés sur les murs. Un tableau noir sur un trépied trônait près de la cheminée, couvert de diagrammes incompréhensibles dessinés à la craie en plusieurs couleurs. Le divan avait été repoussé et un gros émetteur avait été installé à sa place.

Ça expliquait pourquoi la maison était interdite aux troupes. Cette interdiction existait depuis que Bolan s'était joint aux hommes de la section alpha. Il se trouvait maintenant au cœur du Q.G.

Il retira son anorak, l'accrocha près de la porte. Il s'approcha du tableau noir. Il étudiait consciencieusement les diagrammes lorsqu'un type entra dans la salle de séjour en passant par la porte de la cuisine. Il portait un 45 sur la hanche, et tenait un verre de lait et un sandwich. Il était en chaussettes.

C'était le lieutenant Thomas, l'homme qui commandait les scooters.

Bolan reconnut sa voix déplaisante.

— Qu'est-ce que vous faites ici, soldat ?

— Il y fait plus chaud que dehors, répondit tranquillement Bolan en examinant Thomas.

Il était jeune, dur et mauvais. Tous ces hommes étaient coulés dans le même moule.

— Ça te coûtera mille dollars, cracha Thomas.

Bolan comprit qu'on le mettait à l'amende. Discipline immédiate.

— Il paraît que vous avez perdu quelques hommes, aujourd'hui ?

Il fit face à l'officier.

— Si tu cherches des remplaçants, je me présente.

Thomas commença à s'agiter. Bolan remarqua que son holster n'était pas fermé, et que la main s'en approchait lentement. Il demanda :

— Quel est votre nom, soldat ?

— Bolan. Mack Samuel. Sergent.

Il avait du sang-froid, Thomas. Son expression ne changea pas mais il bondit en avant comme un tigre. Bolan l'attendait.

Il lui décocha un magistral coup de pied dans l'estomac qui le plia en deux. Ensuite, il lui sauta dessus et lui passa un garrot autour du cou.

Thomas mourut rapidement, une main sur l'estomac, l'autre s'agrippant au filin qui lui coupait la respiration. Sa mort ne fit aucun bruit.

Bolan traîna le cadavre derrière le divan puis monta à l'étage pour se rendre dans les chambres à coucher. Il découvrit un homme endormi dans la première chambre et lui trancha la gorge. L'homme qui se trouvait dans la chambre suivante n'eut que le temps de se dresser sur le coude lorsque Bolan ouvrit la porte. L'homme eut brièvement l'occasion de regarder son assassin.

Bolan essuya la lame sur le drap et passa dans les autres chambres mais il n'y avait plus personne au premier.

Il laissa tomber une médaille de tireur d'élite en haut de l'escalier puis redescendit au rez-de-chaussée pour fouiller le reste de la maison. Il n'y trouva personne.

Apparemment, le mystérieux capitaine Harrelson ne dormait pas avec ses officiers. Ce qui était un formidable coup de chance pour le capitaine mais un coup dur pour Bolan.

Il prit une feuille de papier et un crayon sur le bureau près de l'émetteur, copia les diagrammes sur le tableau noir puis fit quelques annotations concernant les cartes accrochées sur le mur.

Il s'approcha ensuite de la radio qu'il examina à fond. Elle comportait les fréquences H.F., V.H.F. et U.H.F. En outre, elle était visiblement raccordée au réseau téléphonique de communications. Cela pouvait expliquer pourquoi on avait coupé la ligne de téléphone mais seulement brisé les appareils dans la maison d'Undy.

Bolan ressortit et vit que le garde était revenu du camion de ravitaillement, qu'il regardait autour de lui, surpris et nerveux. Bolan lui lança :

— Troupier !

— Oui, fit l'autre en se mettant presque au garde-à-vous.

— Tout va bien. Je fais un briefing avec les officiers sur l'organisaion des patrouilles. Remplace-moi pour la durée de la garde.

— Mais je suis...

— Ça ne fait rien, je te relève. Donne cinq minutes de repos à chaque homme, commence avec le premier qui se trouve sur ta droite et fais le tour dans le sens des aiguilles d'une montre. Compris ?

— Compris. Est-ce que je...

— C'est un ordre de l'officier de service. Exécution !

Perplexe, le type s'en alla. Bolan resta près de la porte et vit enfin le premier garde quitter son poste et se diriger vers le camion de ravitaillement. Il rentra dans la maison et se dirigea vers l'émetteur.

Il découvrit comment brancher le téléphone et composa rapidement un numéro longue distance en espérant que la tempête n'avait pas endommagé le réseau.

Parker sortit du supermarché ouvert toute la nuit avec plusieurs bouteilles dans un sac en papier. Il se glissa derrière le volant, mit le moteur en marche, se retourna et s'adressa à Brognola :

— Vous voulez les ouvrir ici ou ailleurs ?

— Ailleurs, gronda Brognola.

Parker enclencha une vitesse, la voiture démarra doucement.

— On ne devrait pas, fit Brognola. Ce n'est pas le moment de se beurrer la gueule, Leo. On pourrait faire quelque chose de plus constructif.

— Trouve donc et je te suivrai jusqu'au bout du monde.

— Il y a un problème au niveau du Pentagone. On pourrait commencer par là.

— A quel niveau se situe le problème ?

— Au niveau d'un général à deux étoiles. Ça j'en suis sûr. Peut-être plus haut. C'est pourquoi je n'ose rien faire sans consulter le président.

Turrin soupira.

— Prends l'avion, suggéra-t-il.

Subitement le téléphone se mit à sonner.

Turrin se tut et commença à mordiller son cigare en silence tandis que Brognola poussa un soupir et prit la communication.

— Juno deux, fit-il.

Quelques secondes plus tard, il se redressa vivement, posa une main sur le genou de Turrin et fit brutalement pression.

— Oui, dit-il, c'est une ligne sûre. Probablement la seule qui me reste.

Il brancha l'appel sur le petit haut-parleur près du plafonnier et reprit :

— On te croyait mort depuis des heures, Frappant. Où étais-tu ?

Le cœur de Leo Turrin se mit à battre à tout rompre lorsqu'il entendit la voix de son meilleur ami.

— Je suis coincé depuis midi. Je n'ai pas beaucoup de temps. Passons directement aux affaires qui nous concernent. Je me trouve à Snow Trails. C'est une base de première ligne, et j'ai appris qu'il en existe deux autres. Je suis à l'intérieur du camp et je crois pouvoir le neutraliser tout seul, mais il faut envoyer des forces armées dans les autres. Il faut retenir le président à Washington et le protéger. Foutez-le dans un bunker, s'il le faut. Il faut que je...

— Que veux-tu dire ? interrompit Brognola. Le président ne se trouve pas à Washington. Il doit atterrir à Lowry Field d'une minute à l'autre.

— C'est la base aérienne près de Denver, non ?

— Oui.

— Quel sera son itinéraire ?

— De quoi parles-tu ?

— Ils vont s'attaquer au président.

— Mon Dieu ! Tu en es sûr ?

— Certain. Je suis dans la salle de conférences de leur Q.G. Ils vont s'en prendre au président si on ne trouve pas le moyen de les empêcher.

Turrin bougea, fit signe à Brognola.

— Stricker se trouve avec moi, dit Brognola. Il est content que tu sois encore avec nous.

— Moi aussi. Dis à Stricker qu'il ne s'était pas trompé. C'est la machination la plus incroyable que j'aie jamais vue. Crois-tu pouvoir intervenir à temps ?

— Je n'en sais rien, je réfléchis. La conspiration semble avoir des drôles de ramifications. Je ne sais pas à qui je peux me confier avec ce genre d'informations. Je...

— Mets tout le monde en alerte, on verra bien. Je ferai tout ce que je pourrai de ce côté. L'itinéraire du président ?

— Il prendra l'hélicoptère pour se rendre dans les montagnes. Je pourrai peut-être le joindre à Lowry.

— Tu dois pouvoir le joindre n'importe où, Hal ! Il y a une liaison permanente, non ?

— Soi-disant, mais cette fois je n'en sais rien. Comment se sont-ils organisés ?

— En trois groupes de combat. Des blin-

dés, des chasseurs alpins et des hélicoptères.
Mais quelque chose me gêne, Hal, c'est trop
gros. Je ne pense pas qu'il s'agisse d'un simple assassinat.

— Alors quoi ?

— Un enlèvement.

Brognola jeta un coup d'œil sur Turrin qui
s'écria :

— La rançon !

Bolan reprit :

— Mais je ne pense pas qu'ils se conten-
tent du président. Ils prendront sûrement
toute sa famille. Elle est bien avec le président ?

— Eh oui, gronda Brognola.

— Je ne pense pas qu'il s'agisse de poli-
tique. Uniquement une histoire d'argent.
Combien crois-tu qu'on paierait pour les libérer ? Le gouvernement serait prêt à débourser
combien pour sauver le président et sa famille ?

— Disons un milliard de dollars en or, fit
amèrement Turrin.

— Nous en avons peut-être une idée, dit
Brognola. Stricker me dit que les vieux ont
parlé d'un milliard en or. Un milliard, tu entends ?

— Bon ! c'est logique, mais c'est la seule
chose qui le soit. Ça prouve bien qu'ils ont

préparé un coup gigantesque. C'est combien un milliard, je n'arrive pas à me rendre compte.

— Mille millions, gronda Brognola. Je ne me rends pas compte, non plus, mais au Capitole, ils jonglent avec des milliards tous les jours.

— Fais rentrer le président, Hal, dit Bolan. Envoie quelqu'un à sa place. Il faut en finir avec ces gens. Tout de suite. Je n'ai plus de temps, je vous laisse.

Le haut-parleur fit clic ! puis ils entendirent le signal sonore. Brognola consulta un fichier téléphonique sous l'appareil trouva ce qu'il cherchait et composa son numéro aussitôt.

Parker fit un clin d'œil malicieux à Leo Turrin dans le rétroviseur...

— Je vous ai bien dit qu'il ne fallait pas vendre la peau de l'ours.

Turrin lui sourit brièvement.

— Oui, mais ce n'est pas encore fini. Gardez ces bouteilles, on en aura peut-être encore besoin.

Turrin n'en revenait pas. Kidnapper le président des Etats-Unis et toute sa famille ? Décidément, il n'y avait plus rien de sacré.

Brognola tambourinait impatiemment sur la console en attendant qu'on lui passe son correspondant.

— Ce serait la fin de notre civilisation, bougonna-t-il tout bas. On ne peut pas les laisser faire, Leo. On ne peut pas...

Il se pencha brusquement en avant, entourant l'appareil de sa main, et se mit à chuchoter fébrilement.

CHAPITRE XX

La situation était terrifiante.

Il était l'heure de changer la garde. Soixante-quinze hommes frigorifiés patrouillaient à skis le plateau — des soldats dévoyés qui n'avaient rien à perdre, des hommes qui avaient vécu l'horreur du Viêt-nam. S'ils étaient comme les autres qu'avait connus Bolan, ils avaient l'impression qu'on leur avait joué un sale tour, qu'on avait triché... Ils avaient décidé de prendre ce qu'on leur devait.

Des types qui ne céderaient pas dans l'adversité. Il y en avait soixante-quinze de plus qui s'apprêtaient à sortir sur le plateau d'une minute à l'autre.

En amont, il y avait la moitié de blue force. Bravo blue était la contrepartie motorisée de alpha blue. Cent cinquante soldats dont des artilleurs, des unités anti-émeute et des groupes de transport. Ils disposaient de trois half-tracks dont la puissance de feu équivalait celle d'un char d'assaut.

Bravo blue avait pour mission d'investir une petite ville, de neutraliser la police et les forces de l'ordre, de barrer les routes d'accès jusqu'à la fin de l'opération.

Alpha blue se composait de dix équipes de choc. Les hommes disposaient de scooters et de skis de fond. Tous portaient des armes automatiques et des pistolets. Ils avaient pour mission de neutraliser les forces autour du président, de supprimer les gardes du corps et de s'emparer du président et de sa famille.

Red force et white force étaient des unités secondaires — semblables en tous points à blue force, mais plus petites — et elles étaient déjà installées sur place. Elles pouvaient intervenir en cas de besoin ou augmenter les rangs de blue force.

Chaque unité reçut des ordres précis. On avait prévu plusieurs plans pour chacune d'elles — il y en avait même en cas d'échec total.

Blue force devait partir à quatre heures, ce qui laissait deux heures à Bolan pour essayer d'empêcher leur action. Même s'il y arrivait, il y avait tous les autres plans d'attaque auxquels il lui fallait faire front.

C'était terrifiant.

Mais c'était encore plus terrifiant de penser ce qui arriverait au président et à sa famille s'ils se trouvaient emprisonnés, en otages, à la merci d'hommes comme le capitaine Harrelson.

Bolan n'avait pas réussi à décrypter tous les croquis dans le Q.G., mais il imaginait sans mal le but. Le plan global comportait l'anéantissement de toute la région qui entourait le petit village de Berthoud Pass. C'était là que devait descendre la famille présidentielle et que l'on garderait prisonnière pendant les négociations. Si tout se passait bien, le commando repartirait en avion avec un sauf-conduit jusqu'à la frontière. Un des enfants du président serait emmené comme otage. Un plan prévoyait l'échec des négociations, un autre la mort éventuelle de tous les otages.

Mais il n'y avait aucun plan de défense contre Mack Bolan. Ils n'avaient pas envisagé qu'un homme seul pourrait les attaquer avec la moindre chance de succès...

Grâce à des fiches dactylographiées placées près de l'émetteur, il étudia à fond leur réseau de communications. Il trouva même les signaux de vérification d'authenticité ainsi que les codes pour le déclenchement de chaque opération.

Il ne restait plus que deux heures. Bolan

mit les écouteurs et brancha la fréquence réservée aux unités blindées.

— Bravo blue, ici blue command. Situation première.

Le commandant du half-track qui bloquait la route d'accès depuis le début de la soirée, répondit aussitôt.

— Entendu, blue command. Répétez.

Bolan chercha le code secret d'identification.

— Authenticité zebra alpha. Demande renfort apple mary un, immédiatement.

— Entendu, blue command. Apple mary un en marche.

Ce qui ferait dégager le half-track de service.

En pensant brièvement aux rêves de Undy Sanderson, Bolan lança une bombe incendiaire à l'arrière du bâtiment, enfila rapidement son anorak, s'empara d'un PM et courut vers la porte pour y attendre l'engin qu'il avait convoqué.

Des flammes léchaient le toit de la maison lorsque le half-track arriva. La tourelle du tireur s'ouvrit, une tête apparut. Le commandant du véhicule interpella Bolan :

— Qu'est-ce qui se passe ?

— Nous avons été attaqués. Je crois que Bolan est revenu. Prenez-moi à bord.

— Où est l'officier de service de section bravo ?

— Il a été touché. Vite ! Je monte à bord !

Le feu attira l'attention de tous ceux qui se trouvaient sur le plateau. Le garde de la section bravo, dont la tâche était de garder les deux half-tracks, arriva en courant.

— Il y a deux blindés derrière qui risquent de prendre feu ! cria-t-il.

— Il faut les déplacer ! cria le commandant du half-track de service.

Il ouvrit une portière et un homme bondit du véhicule. Ils partirent en courant vers les deux véhicules en danger. Bolan dévala les marches, monta dans le half-track.

Il supprima les deux hommes qui se trouvaient à bord et déposa leurs corps dans la neige devant la maison puis il s'installa aux commandes du véhicule et le mit en marche.

Il avait fait vingt mètres lorsqu'il entendit la première détonation fracassante et vit une boule de feu grimper derrière la maison. La seconde explosion suivit la première de près, et les deux véhicules disparurent dans un nuage de flammes.

Bolan vit un homme sortir de la fournaise en titubant, les vêtements en feu. Un chasseur alpin apparut subitement, se saisit de l'homme-torche, le fit rouler dans la neige —

et Bolan se demanda s'il s'agissait du garde qui avait rêvé de passer deux années sous le soleil des Caraïbes. Mais il y avait des choses plus pressantes à faire et il s'éloigna rapidement de la maison qui s'embrasait.

Il brancha le haut-parleur extérieur, s'adressa aux troupes :

— Tous les chasseurs sur la pente ! Nous avons été attaqués ! Tous les chasseurs sur la pente !

Il vit des dizaines d'hommes arriver de partout. Prêts à repousser l'ennemi. Il les admirait autant qu'il déplorait ce qu'ils étaient devenus et se sentit faillir devant la tâche.

Pourtant, il se trouvait déjà en place et il n'avait pas le choix. Il fallait continuer.

Il fit demi-tour devant l'ensemble des cabanes et prit place dans la tourelle.

Sortant des cabanes, des soldats à moitié vêtus s'arrêtaient sur le porche pour voir ce qui se passait. L'un d'eux, en chaussettes, se mit à courir dans la neige devant les cabanes en criant des ordres.

Les munitions dans les véhicules en flammes se mirent à sauter et un véritable feu d'artifice jaillit derrière la maison.

Bolan arma le 37 mm et commença à tirer sur les cabanes.

La mort se promena parmi les soldats dévêtus. Les uns tombèrent, les autres furent déchiquetés ou projetés en l'air, des cris de panique s'élevèrent dans la nuit. Il y eut des ordres brusquement interrompus par les éclats d'obus, puis petit à petit toute vie cessa autour des cabanes.

Bolan enclencha un second chargeur et contempla les flammes qui s'élevaient de la maison et des cabanes, fit pivoter la tourelle et commença à balayer les pentes d'un feu continu.

Un type avec un lance-fusées antichar prit position dans l'obscurité infernale. Bolan leva l'Auto-Mag et le descendit sans qu'il ait eu le temps de viser.

Aucun plan d'opérations n'avait été prévu pour la situation actuelle.

Le feu des petites armes automatiques commença à faiblir puis se tut. Certains avaient établi leur propre plan d'opérations ; ils détalaient dans la nuit, choisissant la seule voie relativement sûre : la pente et la montagne. Ceux-là n'inquiétaient plus Bolan. Le plateau était enfin entièrement dégagé.

Il désarma le canon, se remit aux commandes et détala à son tour.

La radio crépitait sans arrêt.

Il prit le micro et brancha son émetteur.

— Bravo blue, ici apple mary un. Propose

plan trois, je répète, plan trois. Alpha blue est en retraite. Blue base est tombée. Tous apple mary sont détruits. Propose silence radio et plan trois. Apple mary un, terminé.

Il n'y eut aucune réponse.

« Plan trois » était l'abandon total de l'opération.

Bolan remonta la route et prit position un peu à l'écart.

Bravo blue était également en déroute. Bolan regarda partir tous les groupes motorisés puis il les suivit jusqu'à la route US 40. Le convoi vira à gauche vers Mt. Audubon. Cela lui convenait très bien. Bolan tourna à droite et prit la direction de Berthoud Pass.

Les chasse-neige n'avaient pas chômé, la route était dégagée et peu glissante. Il n'y avait aucune autre voiture sur la route — Bolan roula en silence.

Il se brancha sur la fréquence V.H.F. juste à temps pour écouter la fin d'un ordre venant d'un hélicoptère. Bolan s'interposa aussitôt :

— Force command, ici apple mary un. Est-ce que vous me recevez ?

Le capitaine se trouvait dans l'hélicoptère.

— Laisse tomber, sergent. Tu es repéré.

— C'est foutu, capitaine. Abandonne et rentre chez toi.

— J'ai pas besoin que tu me le dises, bidasse. Tu ferais bien de regarder derrière toi à l'avenir. Tu ne seras plus jamais en sécurité.

Bolan s'esclaffa doucement.

— Essaie donc tout de suite, capitaine. Je suis sur la US 40 juste au sud de blue base. Quitte ou double ?

Le capitaine se mit à rire.

— Merci, mais je choisirai moi-même le moment de te supprimer. C'est dommage, mon gars. Vraiment dommage. Tu sais ce qu'était notre part ? Cinq cents millions. Tu vois ce que tu as raté ? Je ne savais pas que tu étais devenu si têtu. Il y a quelques heures, mon gars, je t'ai proposé l'occasion de ta vie. Tu aurais pu épingler cinquante millions de dollars.

— Je ne sais pas compter aussi loin, fit Bolan.

Le capitaine s'esclaffa avec mépris :

— Tu es décidément le plus con des hommes, mon gars. Tes copains new-yorkais m'ont dit qu'il fallait d'abord te descendre. Je n'y ai pas cru. Je me suis trompé.

— Mais tu as quand même essayé.

— Evidemment, pour entretenir de bons rapports. Et j'ai failli t'avoir, sergent.

— C'est pas assez, capitaine, tu le sais parfaitement. Et après ? Tu crois vraiment que les vieux t'auraient remis une somme pareille une fois qu'ils auraient mis les mains sur la rançon ?

C'était une simple tentative, mais elle fut payante.

Le capitaine se mit à rire et répondit à Bolan :

— Il y a des moyens de s'assurer qu'on sera payé, mon gars...

C'était confirmé. Il s'agissait vraiment d'un complot mis sur pied par la *Commissione*.

La voix du capitaine s'estompa avec la distance accrue.

— Imbécile ! cria-t-il.

Ce fut son dernier mot.

Evidemment, pensa Bolan, à ses yeux je suis un imbécile.

Mais venant de Harrelson, c'était une sorte de compliment.

Où irait le monde sans quelques imbéciles comme Mack Bolan ?

EPILOGUE

Il faisait beau et frais. Mack Bolan profitait du spectacle. Les pentes douces étaient couvertes de poudreuse.

Le président sourit au passage, se laissa glisser sur la piste bordée des badauds admiratifs et des sempiternels gardes du corps.

Bolan sourit un peu, pénétra dans une cabine téléphonique. Red base et white paraissaient n'avoir jamais existé. Elles n'avaient laissé aucune trace derrière elles — pas plus que les troupes et le capitaine qui les avait commandées.

Mais certaines choses ne disparaissaient jamais. La voix de Leo Turrin était de celles-là.

— Ici Juno deux, ironisa-t-il. J'espère que c'est toi.

— Le président prend son pied sur la piste, dit Bolan. Comment ça se passe au Capitole ?

— C'est de la démence, fit Turrin en riant. Hal a repris en main certains généraux qui ne sont pas très fiers d'eux, mais dans l'ensemble tout va bien. Au fait, je sais qu'il a annulé la mission de toutes les agences dans la région de Denver. Tu sais, les gars qui recherchaient ce mec, Bolan. En tout cas, il paraît qu'on aurait vu celui-ci au Mexique. C'est marrant ça, non ? Il y a encore des militaires au Colorado ?

— Non, plus un seul. Je suis resté dans le coin pour voir, mais il semble que le capitaine a préféré s'éclipser.

— Il réapparaîtra un jour, fit Turrin.

— Je n'en doute pas, répondit Bolan. Il faudra se méfier.

Turrin s'esclaffa joyeusement.

— Sûr. J'ai entendu ce qu'on disait à Manhattan. On lui en veut, mais pas à mort. Donc les bons rapports continueront. Alors, fais attention, ils remettront ça.

— Oui, je n'y manquerai pas. Fais attention aussi. Et continue à me faire part de tes intuitions.

— Tu parles ! J'ai gagné le gros lot cette fois.

— Tu as réussi à sauver la vie du président.

— Tu parles ! répéta Turrin. Tout le

monde sait qui a sauvé la vie du président.
Surtout lui.

— On ne l'aurait pas cru, à le voir tout à
l'heure. Tout sourire pour les admirateurs. Et
tout ça avec une cohorte de gardes du corps.
Il devrait y avoir un meilleur moyen de le
protéger.

— Trouves-en un, il l'acceptera, fit Turrin.
Après ce qui vient de se passer, le Congrès va
sûrement l'obliger à se déplacer dans un bunker mobile.

— A propos d'obligations, dit Bolan.

— Ah oui ?

— Oui. Il y a une jeune femme qui a tout
perdu hier soir. Dis-le à Hal. Le gouvernement lui doit une station de sports d'hiver —
et pas une station de deuxième catégorie.
Quelque chose d'équivalent à ce qu'on peut
voir à Vail ou à Aspen. Je tiens absolument à
ce qu'il y ait d'ici peu une très belle station à
Snow Trails.

— D'accord, je lui ferai part de ta demande. Rien d'autre à lui demander.

— Si. Un peu de paix.

— Tiens donc !

Bolan ricana et raccrocha. Il regagna la
caravane et partit vers le nord.

Vers Snow Trails.

Vers une très belle jeune femme et un courageux jeune homme qui auraient sans doute besoin d'un coup de main dans les jours à venir. Il y avait des tas de choses à reconstruire, des pistes à descendre, et des rêves à réaliser.

Un peu de paix. Pour quelques jours...

Bolan se trouvait à plus de sept cents mètres de la piscine, l'œil collé au télescope de la Westherby .460. Ce tir serait difficile. Il y avait du vent et il se trouvait sur les hauteurs. Il examina ses victimes. Bobby Cassiopea, qu'on appelait Butch Cassidy, auquel il avait déjà eu affaire, Lou Scapelli et Eduardo Fulgencio, les représentants de la Mafia au Mexique.

La mire s'immobilisa sur la lèvre supérieure de Cassiopea. Bolan respira à fond, souffla un peu puis retint sa respiration et caressa la détente. La grosse pièce rugit et le beau visage de Cassiopea se désintégra dans une fontaine de sang. Il suivit la fuite de Scapelli et tira une seconde fois. Le truand, qui courait vers le bar de la piscine, fut soulevé puis projeté contre les tabourets.

Le gros Fulgencio s'était abrité derrière une chaise renversée comme si elle pouvait lui offrir une quelconque protection. Il reçut la dernière balle en plein crâne et s'effondra, décapité.

Le capo d'Acapulco n'allait pas tarder à entendre parler de la mort de ces trois hommes.

ANNICK DE VILLIERS

VICTORIA

Dans un monde fait pour les hommes, Victoria veut trouver sa propre voie. Belle, dynamique et impulsive, elle se jette à corps perdu dans son nouveau métier : grand reporter. Elle y rencontrera la passion, l'aventure et aussi le danger. Romantique, moderne et femme avant tout, Victoria vous entraînera à sa suite autour du monde.

AVEZ-VOUS LU TOUS LES

SHANGHAI
EXPRESS

chez votre libraire

ANTOINE DOMINIQUE

LE GORILLE

... revient à la charge. Avec des épisodes mouvementés, des affaires ultra secrètes. Le jeu des barbouzes féroces et sympathiques. La valse des services secrets.

Chez votre libraire :

* rééditions

IMPRIMÉ EN FRANCE PAR BRODARD ET TAUPIN
7 bd, Romain-Rolland - Montrouge.
Usine de La Flèche le 14-08-1979.
6502-5 - N° d'Editeur 10549, 3e trimestre 1979,